九歌少兒書房

老師，有問題

王文華——著
蔡嘉驊——圖

主要人物介紹

張正正

成功國中三年八班學生，孤軍獨守半個籃球場後，一戰成名。張正正總是管不住他的右手，從小到大，只要遇到不合理的事，他就會舉起右手——老師，我有問題。

體力：五十九

智力：九十九

人際關係：七十

王德強

成功國中三年八班學生，爸爸是叉燒店店長，媽媽是幼稚園園長，立志要當網路美食記者，語文、地理和歷史都很好，因為他愛吃能吃貪吃，從美食中瞭解每一道食材的產地、歷史和典故，所以，身材日益發福，而且，還在穩定往九十公斤前進中。

體力：超級弱雞級

智力：九十七

人際關係：八十

阿國

成功國中三年四班棒球隊投手，以一顆二縫線指叉球，投遍國中聯賽無敵手，身材高大，體力充沛，被譽為小小王健民，是眾多球探矚目的焦點。

體力：破表

智力：深不可測

人際關係：九十

步雲騰老師

成功國中數學老師，被他指點過的學生，數學立刻一飛衝天，想上第幾志願，就上第幾志願，他的口頭禪就是個「不」字，不可以偷懶，不可以散漫，不可以寫小抄，還有，不可以借課。

體力：X

智力：∞

人際關係：負數

小光頭

成功國中三年四班學生，天不怕地不怕，就怕數學課。想對付他很簡單，問他三分之一加三分之一是多少，就夠他想一整天了。對了，他最後還會很得意告訴你：「六分之二嘛，這麼簡單也想考我。」

體力：弱雞級

智力：量不出來

人際關係：五十二

自私三人組

自私三人組以李自立為首，綽號李自私，他們三人時隨時排擠同學，暗算他人，只要對自己功課有幫助的事，絕對是死纏爛打，不達目的絕不休止；若對功課沒幫助的事，當然是能閃即閃，能躲即躲。

體力：不告訴你

智力：當然很高，否則如何算計他人

人際關係：0

目錄 Contents

楔子

元旦那天，沒放假。

天空藍得發亮，白雲軟棉棉的，天氣好得像夏天。

4 0

鎮立棒球場上人擠人，黑框記者扛著大砲鏡頭，坐在本壘板後面。

我們班的人，四班的人，還有家長會長和校長，就坐在人群裡頭。

人真多呀！

嘻嘻哈哈，喧鬧的聲音彷佛直達天聽。

那種感覺，像在海邊，差了一枝釣竿，也少了我的好友阿正。

我瞇著眼，望著投手丘上的阿國，風其實還挺涼的，如果阿正在的話……

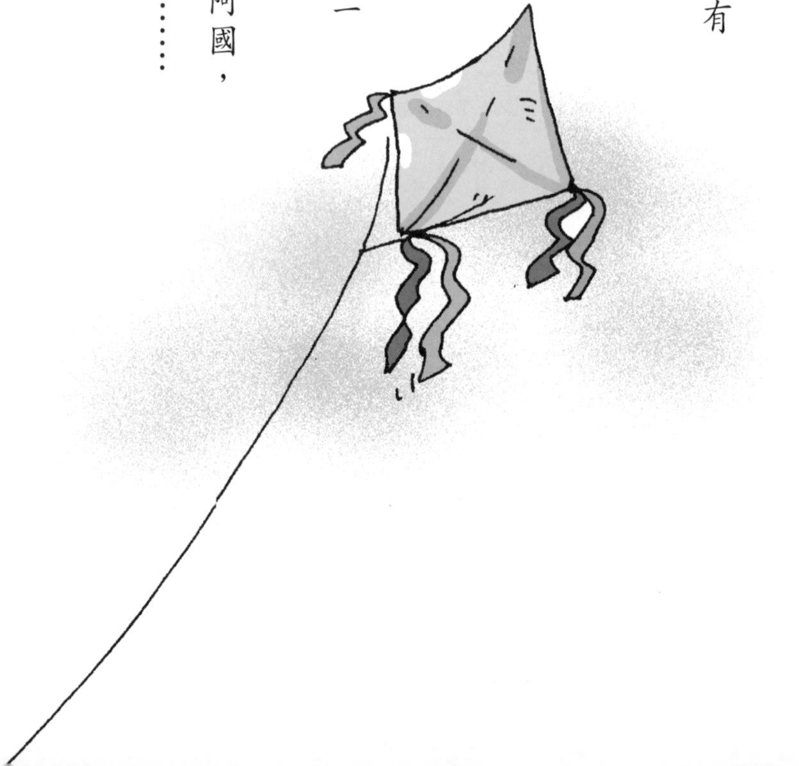

國三8班級課表

星期 節次		一	二	三	四	五	六
第一節	0810-0900	英文 艾美	英文 艾美	數學 步雲騰	理化 黃啟	英文 艾美	數學 步雲騰
第二節	0910-1000	數學 步雲騰	地理 歐美佳	理化 黃啟	英文 艾美	數學 步雲騰	國文 管鳳如
第三節	1010-1100	地科 玄章	國文 管鳳如	英文 艾美	公民 李守約	國文 管鳳如	理化 黃啟
第四節	1110-1200	國文 管鳳如	公民 李守約	理化 黃啟	歷史 康乾雍	地科 玄章	數學 步雲騰
午休							
第五節	1315-1405	英文 艾美	歷史 康乾雍	生物 謝平安	國文 管鳳如	生物 謝平安	
第六節	1415-1505	理化 黃啟	理化 黃啟	地理 歐美佳	理化 黃啟	地理 歐美佳	
第七節	1515-1605	英文聽力 邵新芝	數學 步雲騰	國文 管鳳如	數學 步雲騰	歷史 康乾雍	
第八節	1625-1710	英文 艾美	體育 李大木	國文 管鳳如	體育 李大木	班(週)會 步雲騰	

1. 傻子阿正

你說，這有道理嗎？

功課表明明印得很清楚：體育課在週二、週四的第八節課。

但是，國三第一次上體育課，我們導師——成功國中數學名師——步雲騰老師什麼話也沒說，就一副理所當然的從第七節課直直上到第八節。

不下課就算了。

但是，第八節是體育課呀！

全班三十六個人七十二雙眼睛，看看你看看我，趙家平還對著班

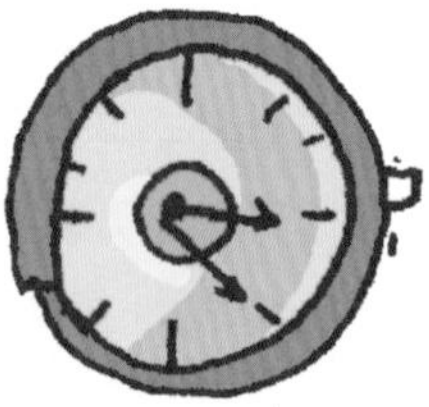

長擠眉弄眼，都快擠成鬥雞眼了。

班長步懼沒跟天公借膽，他根本不敢問：

「老師，我們這一節是體育課耶！」

步懼就是步老師的兒子，兒子敢公然在課堂上質問老爸嗎？

步懼不敢。

所以，上週二體育課不見了，上週四體育課也消失了。

步雲騰老師很嚴肅，樣子和鎮海寺前的石獅同款威嚴，終日板著臉，臉上見不到一絲笑意。

我們問步懼，你爸平時也這麼酷？

步懼哼了一聲：「才怪！」

「那你跟你爸商量商量嘛，我們都想上體育課！」

步懼吐了吐舌頭：「別害我了！」

大概國三生的日子，就要這麼哀怨，體育課自此變成數學課。

這週二，第七節課上完，步老師終於難得的說了聲下課。

乍聞下課，大家都還反應不過來。

步老師還瞄瞄步懼：「下課了耶！」

哈，剎那間，教室響起一片：

「YA！」

「下課了！」

積壓已久所發出的叫聲，驚天動地，天花板都可以喊出一個洞來了。

如此歡樂聲中，艾美老師抱著一大落英文考卷走進教室。

「艾老師，妳走錯教室了？」趙家平啼笑皆非。

胖胖的駱馬正在換體育服，他很有禮貌的指出：「我們班這節是體育課。」

艾美老師推推眼鏡，面帶微笑：

「SO，老師想跟大家打個商量，借一節課嘛，趕一下進度行不行？」

她的聲音很溫柔，那是來自美國田納西州一種輕柔的語音。

很難想像，聲音那麼輕柔的人，動作卻很快，考卷霹靂啪啦的發下來，前排遞後排，後排往旁傳，瞬間，每張桌上都有考卷了。

女生最認命，埋案寫起來；我們男生想抗議，卻發現聲援的人越來越少，摸摸鼻子，乖乖落座，滿室沙沙作響，全是憤恨不平的聲浪，那節體育課，又變成了英文課。

更讓人憤憤不平的是，隔天，艾美老師什麼話也沒說，班上也沒人舉手問：「老師，妳不是欠我們一堂體育課？」

大部分的同學，很快就接受這種安排，沒人抱怨，考卷來了就寫，功課吩咐了就讀，不能上體育課就不上吧！

成功國中三年級，生活大概是這樣的吧：

早上六點半起床，七點到校，中午吃營養午餐，上完八節課放學了。

說是放學，其實也只是讓大家到校外吃點東西，六點回校努力看書努力寫考卷，一張椅子從早坐到晚，一天二十四小時，我們足足坐滿十六個小時。

而且，沒有星期六，因為星期六也要加強練習。

為了基測，好像什麼都該放棄的，電動不能打，我也不能跟爸爸去別家餐廳探軍情，連美食節目都要割捨了，更何況是「微不足道」的體育課。

所以，這個禮拜四，當步老師踩著重重的腳步出去，艾美老師自動進來接他的棒，輕快的登上講台。

又一節體育課要飛走了。

她面帶微笑的，一大疊考卷依例放下。

「請！」

那樣子就像野餐時，大家分享互傳麵包和果醬。

「先寫第三單元的測驗卷，等一下再檢討。」

「老師，我有問題！」一隻手舉得高高的，聲音清清朗朗的。是張正正，我從小到大最要好的朋友。

艾美老師撥了撥頭髮，笑成月亮彎彎的眼睛望著他。

「老師，這節是體育課！」

「我剛才說了呀，今天向你們借，改天再還。」艾美老師的聲音真的好卡哇伊，像美泡泡公主。

「可是，步騰雲老師欠我們兩節課，妳這週也已經借了一堂課，如果今天又要借課，你們哪一天才能還？」

一時，教室安靜無聲，我們都很好奇，睜大了眼睛，想看看艾美老師的反應。

艾美老師推推眼鏡，她有些困惑，弄不清張正正的目的。

「你再說一次，什麼事？」

張正正音量又大了些：「老師，我的問題是——妳欠我們的體育課，什麼時候還？」

她聽清楚了。

「體育課？」美泡泡公主的臉微微紅了，「你想上體育，人家也想休息呀，可是你們班的英文不好，明年五月大考轉眼即到，不復習怎麼辦？」

「但是體育課……」張正正還想說，隔壁的林竹華好心的拉拉他

的衣服，想勸他坐下。

艾美老師氣呼呼的說：「英文沒考好，你的大考成績就差，成績不好你能上什麼第一志願？上不了第一志願，以後就沒好大學，沒好工作，」

她哀怨的看了張正正一眼，「就……就找不到好老婆。」

「好老婆」那句話，讓我們爆出一陣大笑。

笑聲沖淡火氣，艾美老師情緒也平復了，幽默重回她的腦海：「anyway，到時你找不到老婆，七老八老時好後悔，等到一切想起來，唉呀呀，當年就只為了上一堂體育課，才害慘了這輩子。」

她停了一下，我們的笑聲震天。

「值得嗎？」美泡泡公主的鳳眼斜瞄張正正。

張正正在笑聲中，手足無措。

艾美老師揮揮手：「DEAR BOY，我是為你好呀！二十年後，你

就會感謝我的。」

美泡泡公主的眼眶紅了，難道她被自己的話感動了？

她說，從她二十七歲留學回國後就在成功國中任教。她知道她明白，國中生的生活像煉獄。天真活潑的小學生，只要踏進國中大門後，生活就只剩下讀書和考試，一切的一切就只為大考準備，不管是當年的聯考還是現在的基測。

艾美老師說我們就像是蟄伏地底的蟬寶寶，昏暗的地底生活一待三年，直待脫殼而出，在大考時登頂大唱。

身為老師，知道什麼是對我們最好

的。

她自己就是這樣一路上來的呀，國中煉獄三年，高中地獄三年，不要緊，只要耐得住痛苦寂寞艱難折磨，辛苦六年，擠進了第一志願，什麼都是值得的。

她說她拚命的教，不管臉上冒出多少痘痘，只希望全身絕學在三年內注入我們的腦裡，三年學完她一甲子的功力，有什麼不好？

況且，在學校裡，班跟班要競爭，老師跟老師間要比賽，學校與學校還得比升學率，無形的有形的壓力，不是我們累，她也累。

從早上到校陪學生早自修，一直待到晚上十點回家，期間幾乎沒有週休二日，沒有寒暑假，連過年都只休到初四，她已經年過四十，臉上還會長痘子，沒時間陪自己的孩子。

而現在，這個不知天高地厚的張正正，還想來要「欠他的體育課」？

「你說，你說，人家付出的青春，誰要還給我？」艾美老師終於說完了，眼睛張得大大的，很認真很嚴肅的望著張正正。

聰明的人，這時就該知難而退，最好再說一句謝謝老師指教。阿正不知道是聰明還是傻，他張嘴就問：

「那，老師，妳借的課不會還了嗎？」

這一說，艾美老師火氣又上來了，她把書重重的拍在桌子上：「好呀，我還呀，如果你們想上體育課，現在就去呀，你們都走光了，我樂得輕鬆！」

老師發飆，人人自危，連林竹華想拉他坐下的手，都悄悄的放下。阿正絕對不聰明，這傻子阿正真的把椅子一靠，還問我們：「你們不上體育課嗎？」

上體育課，誰不想呀，但是，聰明的人都知道，老師生氣了；聰

明的人，這時都會把頭壓得越低越好，免得被艾美老師認為是心存不軌，不識老師苦心。

張正正：「老師，他們都不想上體育課。」

艾美老師問：「那……只有你想上囉！」

老師這麼問，張正正當然很正經的點頭。

「OK，那你就去上體育課，其他的同學，我們繼續寫考卷，等一下再檢討。」

張正正站起來，慢慢的走到門口，他突然停了下來，我偷偷抬頭，恰好看見他一臉疑惑：

「你們真的都不去嗎？」

我心裡蠢蠢欲動，可是看看在講台上氣到快要爆炸的艾美老師，嗯，我只好孬種的又把頭低了下去。

那一天，阿正就這麼迎著陽光，大步走出教室。

教室裡，原子筆劃過考卷，沙沙沙的響成一片，筆在紙上作答，像是春蠶，費力啃食著春天的好光景。

也像是在歡送這個傻子阿正，為他的悲壯行為伴奏。

2. 布丁英雄

艾美老師不認識阿正，我卻認識，如果她知道張正正小時候做過的事，她就不會那麼生氣了。

第一次注意到阿正，是幼稚園的時候。

我們讀同一家幼稚園，那家幼稚園每週都會發給家長一份食譜，像功課表一樣，寫著每一天的食物。

週一是三隻小豬肉燥飯，傑克與魔豆腐湯，榴槤豆花當點心。

週二是咖哩牛肉飯，萬紫千紅茶冰，飯後水果：花蓮西瓜一片。

週三是……

週五的點心是布丁之類的。

對我來說，食譜上的字不重要，重要的是，每天十點該有點心，中午要有午餐，拿什麼出來，我就吃什麼。我是不挑嘴的乖寶寶，從小到大，肚子都是圓滾滾的，阿嬤說我最乖，從來不搞減肥那一招。

阿嬤說的沒錯，能吃就是福嘛，再加上我爸餐廳三不五時舉行新菜試吃會，想不胖都難。

大班某一個禮拜五，午餐一上桌，我立刻先把雞腿吃掉，抬頭，看看講桌還有沒有剩的雞腿。每次我都是第一個吃完，幸運的話，有時會有多餘的雞腿可以吃。

那天不是幸運日，餐桶裡的菜分光了，講桌邊的Mr.李正在小口小口的吃雞腿，她是我最喜歡的老師，她看看我，暫時放下雞腿，拿起手帕擦擦嘴，輕輕抿著嘴對我笑一笑。

我沒笑，找雞腿要緊，東張西望，希望能找到有人不想吃雞腿，那我就……

噹噹噹噹，我就是這樣發現阿正的。

幼稚園的小孩其實還沒什麼交情，因為大家相處的時間都不長，早上九點到下午一點上完課，然後就坐著娃娃車回家，雖然是同班同學，卻很少交談。

但是那天，我對他印象特別深，他當時理個馬桶蓋頭，身上穿著有領子的條紋襯衫，看起來就是那種很有錢的小孩的樣子。

最重要的是——他桌子上的菜，原封不動。不管是香噴噴雞腿，火腿蛋炒飯或是昆

布豆腐味噌湯。

「喂！你不吃嗎？」我滿懷希望的問他。

他看了我一眼說：「沒有布丁！」

我們中間隔了一個恰北北的小女生，恰北北瞪我：「你快吃啦，不然我跟老師

說。」

雞婆！我就是想吃飯才跟阿正講話呀。

我不死心的問：「你到底吃不吃雞腿？」

阿正還是重複，沒有布丁。

這次他的聲音大了，連恰北北都狐疑的望著他。

阿正拿出連絡簿，指著週五的食譜：

週五——飛毛火腿蛋炒飯、香噴噴雞腿和昆布豆腐味噌湯

點心——剪刀石頭布丁

他看著我說：「可是，沒有布丁。」

我發現阿正有一雙很澄清的眼睛，當他看著你的時候，你會不自覺的跟著他說：

「對呀，沒有布丁。」

恰北北小女生的桌上沒有，我也沒有，所有人的桌子上都沒有布丁。

既然大家都沒有，所以阿正就繼續抬頭挺胸的坐著，像坐在餐廳等著服務生上菜。

年輕的Ms.李終於發現他，很優雅的走過來，摸摸他的馬桶蓋：

「正正，怎麼沒吃飯？不舒服嗎？」

「老師，沒有布丁！」我替他說。

「其他東西也很好吃哦！」Ms.李蹲下來，和顏悅色的對我們說，「你們都是好寶寶，快吃飯，才不會餓肚子。」

我們都喜歡Ms.李。Ms.李會講故事唱兒歌，還會拍著我們的頭，說我們都是乖寶寶。

聽了她的話，我立刻大口吃飯。

「可是沒有布丁，」阿正重複。

「吃飯，不然你肚子會餓餓！」

「沒有布丁！」在他堅持時，我已經把火腿蛋炒飯吃光了。

「你快吃，老師數到三～」Ms.李老師嘟著嘴。

阿正清澄的眼眶裡，有淚水在打轉。

「一……二……」Ms.李的眼睛瞪得又圓又大。

「布丁！這裡寫布丁，」阿正指著聯絡簿，「怎麼沒有布丁？」

「三！」

阿正雙手抱胸，閉嘴，還把頭轉到一邊去。

Ms.李嘆了口氣，那天，她用很快的速度跑出去，回來的時候，頭髮亂了，手裡卻多了一盒布丁。

我猜她是跑去校門口的超商買的。

「好・了！你・該・吃・飯・了・吧？」Ms.李每個字都加重語氣。

「他們沒有布丁。」阿正現在是維持人間正義的戰士，「大家都要有布丁。」

一向溫柔婉約的Ms.李，再也忍不住了，她拎著張正正，像拖個布娃娃般，想把他拖進園長室。

「我看你吃不吃？」她咆哮的樣子簡直像巫婆。

巫婆拖著小男孩，小男孩桌子上的雞腿，趁機從桌子上往外逃，幸好桌子不高，雞腿只滾了一圈，沒有沾到什麼灰塵。

我眼明手快，一把抓起來。

盛怒中的Ms.李竟然還有空指著我：「不准吃！」雞腿停在半空中，張正正留在園長室，雙手抱胸，緊抿著嘴。張媽媽後來趕來了，對著Ms.李又鞠躬又說對不起，張正正還是一樣的姿勢。

「明明單子上有寫，為什麼沒有布丁？」就算他坐上車，他還是只有這句話。

「你……你……」Ms.李臉色發紅，雙手顫抖。

「真是個布丁英雄，能把老師氣成那個樣子。」這是我的想法。

「真是個難纏的孩子。」這是園長說的話，對了，我忘了說，園長就是我媽媽。

布丁事件最大的收穫是：從此，安徒生雙語資優幼稚園要發給阿正的任何通知單、調查表，我媽都會一再檢查，直到確認無誤後，才拿給他。

讀小學時，不管學校怎麼編班，神奇的是，我們都分在同一班。

阿正很守規矩。

每間小學都有自己的制服日、運動服日和便服日，粗心的孩子常常忘記該穿什麼衣服，像我，就老是在運動服日穿制服，制服日穿便服，便服日卻又穿著睡衣上學校。

張正正卻不會！他清楚的記得哪一天該穿哪件衣服，就算當天要穿的運動服才剛丟進洗衣機，溼答答水淋淋，他依然會穿上身。

讀小學那六年，阿正從沒穿錯過衣服（可惜沒有穿對衣服的全勤獎），沒有一天少帶或多帶一本課本、簿子（可惜沒有帶對簿子的全對獎）。

他的書包裡，還有兩個鉛筆袋，放滿了鉛筆、原子筆、色筆……，每回看到他的鉛筆袋，我腦海裡，總浮現出古代員外的錢袋，有錢人才這麼氣派吧？

阿正有幾枝筆從來不借人。

像是寫國語作業的紅色自動筆，外號叫做紅紅兵。

數學是藍色的筆，小名藍藍兵。

紅綠藍黃，各有所長，各有所用，絕不出錯。

四年級開學沒多久，上數學課時，阿正突然大叫：「老師，我有問題，我的藍藍兵不見了。」

他把鉛筆袋整個倒出來，鉛筆落滿地，藍藍兵消聲匿跡。

書包呢？

書包裡的書全抽出來，還是找不到藍藍兵。

「會不會掉在地上？」他自言自語的，還趴到地板上找。

「張正正，坐好！」劉亞平老師手裡的粉筆停下來了。

「我的藍藍兵不見了。」

劉老師指著滿桌的筆：「用其他的筆呀！」

他頭沒抬，鼻子都貼地了：「數學要用藍藍兵。」

「起來寫。」劉老師說她教學經驗豐富，從沒見過這種事，一把將他拉起來。

「人家沒有筆嘛！」他哭了，掙脫劉老師，又趴到地上，「筆不見了嘛！」

林竹華偷偷遞了枝筆，他把筆丟掉：「我要藍藍兵。」

劉老師氣得大罵：「你不要寫好了！」

我從此認定阿正，把他當成好朋友。

「有種，敢用這招不寫數學。」

硬的不吃，軟的不聽，劉老師和Ms.李一樣，投降了，她嘆了口氣，發動全班幫他找筆。

不用上課，我們高興的在教室找寶物，只差沒把地板掀開來，幸好，最後是林竹華在放掃具的工具箱下……

「這是藍藍兵？」

那枝筆上全是齒痕。

阿正接過筆，彷彿什麼事都沒發生過，一下子就把兩頁數學習題寫完，沒有一題是錯的。

「你真難搞耶。」劉老師最後的註腳。

阿正其實不難搞，他喜歡照著規矩來。

像是，他很注意老師說的每一句話。

老師說：「把這句抄下來。」

他就會很工整把那句抄進筆記本裡。

老師說：「明天考這二章。」

他回家就會乖乖複習，還能考個不錯的成績。

有時候我們約他出去玩，他會露出潔白的牙齒，笑著說：「我媽說回家先寫功課，寫完才能出去玩。」

他說的沒錯，可是等他寫完功課天都黑了，還玩什麼呀？

阿正不管。

好多次，他和阿國就這麼隔著安徒生幼稚園的圍牆，喊：

「王德強，出來玩呀！」

我放下寫一半的功課，飛奔出去。

夜色昏暗，就算只剩路燈照明，我們也能玩得很盡興。

我說：「阿正，明天早點來玩嘛！」

他會正正經經的，用那雙清澄的眼睛望著我說：

「不行，我媽說回家要先寫功課，寫完才能出來玩。」

而我，總會不自覺的跟著他說：「對對對，功課寫完才能出來玩。」

阿國在我們屁股上各踹一腳：「每次都這麼晚才出來玩，那還玩個屁呀！」

但是，阿正就是這樣，在他腦裡，有一套自己的標準，堅持照著自己的標準，不管是幼稚園，還是現在。

真的。

3. 一個人的體育課

還是回到那節體育課，隱隱約約有點什麼興奮的氣息，我們看著阿正走出教室。

像個英雄。

我真想為他歡呼，不過，艾美老師酸溜溜的說：「看什麼看？想上體育課就去呀！」

她把門拉開，還比著請的姿勢。

有那麼一下子，我腦海裡閃過一絲出走的念頭。

如果我也走出去，絕對也會變成全班的焦點，那真是帥呀！

想到這裡，我幾乎要挪動屁股了，但是，就在最後零點零一秒，我突然想到：不對，第二個走出去的，不是英雄，英雄要領先群倫、身先士卒。

跟在英雄後頭的，不管是第二、第三還是第一百名，都只是英雄的追隨者。

人們只會記住第一，誰會記住跟在後頭的人？

追隨者越多，英雄的事蹟越值得歌頌，至於追隨者是誰？歷史上從不記載。

而且，等到艾美老師算帳時，她可不會分第一和第二。

一想到這裡，我的屁股又黏回椅子了。

我應該先說明一下我的位置，我坐在靠窗邊那排，四樓的教室，

望出去是遠遠的青藍色山巒，我喜歡這裡，上課上累了，眼睛能溜出去旅行一下。

第八節課，幾隻白鴿在藍天盤旋，陽光灑在操場，草地泛著金光。藍天光幕中有一朵孤雲，孤雲下，咦，阿正剛好走出教學大樓。操場很熱鬧，到處都是人，阿正現在站在操場邊，大概在猶豫要做什麼？

「可憐的孩子，」我心想，「幸好，剛才沒衝動的跑出去。」

我把思緒拉回桌面，擺在我桌子上的英文考卷，那些外國文字似乎正在嘲諷我似的：

「YOU KNOW OR DON'T KNOW?」

「I don't know!」我想大吼。

底下，阿正站在操場邊做暖身操。

「真是個呆子，既然老師都不管你了，幹嘛還這麼乖？」

我還想看，艾美老師走過來，指指考卷。

我埋頭苦寫，直等到那節下課，阿正回來，我才能問他。

「都沒老師，你做什麼暖身操？」

他答得理所當然：「當然要做操呀，我是去上體育課的。」

趙家平幫他做註解：「對對對，而且是一堂沒有老師和同學的體育課。」

圍過來的同學都笑了。

「那後來呢？」我剛才忙著寫考卷；檢討時，艾美老師心情差得不得了，因為我們都考得很糟。

「這種成績，怎麼去基測？出去記得別說認識我。」她激動的在台上罵人，粉筆被她折斷了七、八根，你說，那種狀況下，誰敢亂動。

阿正的回答，果然很阿正：「我做完操，就去跑三圈操場呀，體育課不是都要這樣嗎？」

步懼說：「好好好，你真乖，那後來呢？你一個人怎麼上課？」

「哦，講到這裡才讓人生氣，棒球隊佔住草地，排球場也有三個班，還有四個班在籃球場，只剩下最旁邊的籃球場沒人。」

駱馬胖胖的頭湊過來問：「那裡不是有一邊的籃框壞掉了嗎？」

「對呀，大概是這樣才沒有班級要，我就去那裡上籃球課。」

趙家平嗤了一聲：「那多無聊呀，一個人投籃，投不進還要自己去撿。」

「再無聊，也比留在教室聽艾美老師罵人好吧！」我回頭問張正正，「你就這樣投了一節？」

他有點不好意思的說：「其實也不會無聊啦，我投了幾顆球，就有一群一年級的小鬼帶著籃球，興奮的跑進球場，說是想跟我借球場。」

駱馬判斷：「你借他們了？」

他搖頭。

趙家平問：「那你跟他們一起玩？」

「怎麼可以，那是『我們班』的場地耶，而且是『我們班』先來的。我當然不能借他們。」

張正正的話，讓圍觀的人又笑了：「你只有一個人……」

「對呀，一年級的體育股長也是麼說，可是我不能讓他呀，因為，真的是『我們班』先來的嘛！」

阿正如果忸起來，還真是沒人吵得贏他。

「他們乖乖走了嗎？」

他先點點頭，跟著又搖搖頭：「後來他們又回來了，就坐在球場邊，我叫他們去別的地方玩，他們就說沒有場地玩。」

趙家平大叫：「用這招來博同情呀？」

「對呀，我才不理他們，別忘了，『這是……』」

我們自動接：「我們班的場地。」

阿正笑一笑：「他們也有人想邀我鬥牛，說什麼要大家一起玩。」

「你沒讓？」

他搔搔頭：「我當然沒讓，因為，那是……」

「我們班的場地嘛！」大家邊說邊笑，這群一年級的學弟碰上阿正，算他們運氣不好。

趙家平問：「他們走了嗎？」

「他們不死心，全都坐在場邊，哼，我才不把球場讓給他們。我自己帶球，從壞掉的籃球框這邊，運到對面，然後上籃，就是不借他們玩。」

我幫忙下評論：「嗯，這叫張學長大顯神威，一年級只好乾瞪眼。」

張正正紅著臉：「也沒有啦，我上了好多次籃都沒進。」

我可以想像那個畫面，一個死佔住場地不放的國三學長，屢投不進；一群氣得牙齒都快歪掉的學弟，搶不到球場。

也只有阿正，才敢在這麼多人面前，繼續投他的籃，而且，他的投籃技巧實在不好。

趙家平倒是帶頭鼓掌：「對啦，阿正這樣對啦，一年級的要懂得敬老尊賢啦。」

阿正搖著手：「沒有啦，我沒有老，只是我們班先來，他們怎麼可以搶，對不對？」

「對對對，」大家答得有點啼笑皆非，駱馬急著想知道：「後來呢？」

「後來他們不服氣，就去找他們的體育老師。」

「體育老師？」

阿正點點頭：「他們老師要我把『我們班的場地』給他們。」

我們都急著替他搖頭：「不行呀，那是『我們班先來的』」

阿正笑瞇眯：「是呀，我也是跟老師說，這是『我們班』先來的，他們體育老師就說要跟我商量，他們班分一半，我們班分一半，如果我們班的人都下來了，他們再把場地還給我們。」

「這樣有道理呀！」趙家平說。

阿正卻說：「沒道理。」

「為什麼？」

「那群一年級的一聽到我答應了，立刻帶著球衝進球場，而且是

好的那一邊。」

「所以，你分到壞掉的籃框那一半？」

他沮喪的點頭。

「那你有再去跟一年級的體育老師商量嗎？」

阿正搖搖頭：「答應的事怎麼可以反悔！」

我們爆出一聲驚呼：「所以你就在壞掉的籃球場上，上了一節體育課？」

他紅著臉，點了點頭：「反正我也趁機會休息，揉揉腿，看他們打球也好。」

這傻子阿正，還真不是叫假的。

4. 二個人的體育課

阿正孤軍苦守半個籃球場的故事，讓我們班從週二笑到週四。

不少人見到他，都會給他一拳：「好小子，真有你的。」

然後是一陣嘻嘻傻笑。

其他班也有人聽到消息，下了課，都來我們班轉轉，順道想認識一下，這個傳說中，不願意借出體育課，然後又一個人去盤據半個壞掉籃球場的傻子是誰。

「下回，我陪你去。」不少人說。

所以，週四體育課，突然間，變成了萬眾矚目的大戲。

身為他從小到大的好友，我也勸過他。

他呢，把一本孫氏無敵國中數學翻得啪啦啪啦響，仰著頭，說是要吸收天地精華。

我叮嚀他：「不要在艾美老師的課胡鬧。」

「嗯，秋天的下課時間，最美。」這小子又犯傻了。

禮拜四轉眼即到，體育課時，艾美老師戴著小麥克風，夾了一落書進來。

班上喧嘩的聲音，嘎然而止。

「老師，妳又要借課了？」有人忍不住的呻吟。

艾美老師有備而來，她笑著說：「對呀，再借一節嘛，」看看阿正，「週二自己去上體育課的同學，你今天還要去上體育課嗎？」

這傻小子傻傻的站了起來。

「你的體育課不借我，對不對？」艾美老師笑盈盈的問。

我用眼神制止，林竹華輕輕搖手。

阿正的傻勁真的又來了：「我……我要去上體育課！」

聽到他的話，想起他一個人的球場保衛戰，教室裡爆出一陣大笑。

「嗯，那你去吧，」艾美老師故做輕鬆的說，「不知道你們班還有誰，也不想把課借給我的？」

語調輕快，語意略帶威脅。

我看看阿正孤單的身影，唉，誰叫我是他的好朋友，雖然第二個不是英雄，但是，好朋友就應該……站起來。

「王德強，你也要去？」艾美老師冷冷的笑著。

「對！」我望著阿正，阿正拉開了嘴角，對著我笑。

像是一道暖流，流過心裡，好朋友就該一起承擔，不管這件事是好是壞。

我們才走出教室門口，就聽到艾美老師在教室罵人的聲音了。

我猜她原本以為阿正不敢出去了，沒想到今天卻又多了一個學生走，而且是我，我的英文成績一向很好的。

「阿正，現在去哪兒？」我說，「千萬不要再去跟一年級的搶球場。」

他聳聳肩：「不知道，二個人要怎麼上體育課？」

體育課？如果又遇到一年級的體育老師？

咦！我突然想到，一年級有體育老師撐腰，我們也有呀，這節本來就是我們的體育課，我們有體育老師呀！

成功國中的體育室，在司令台下的地下室。

陽光從窗口溜進去，我們跑進體育室時，李大木老師正攤在座位上喝茶，他的桌子上有一疊快翻爛了的報紙。

「借球嗎？」李老師懶洋洋的說，「要記得登記。」

「老師，上體育課了。」我和阿正說。

李大木老師滿臉狐疑：「上課？三年八班的體育課？」

「對呀！」我們倆相互看一眼，樂得直點頭。

「可是，艾美老師說她要借課呀！」李大木老師正正經經的看著我們。

阿正解釋：「艾美老師剛才說，想上體育課的人就可以來上課。」

阿正沒說謊，艾美老師真的這麼說，他沒說的是——艾美老師在答應讓我們去上體育課時，那咬牙切齒的樣子，像是有人搶走她剛買的口紅。

「有幾個人要上？」

我和阿正怯生生的舉起手。

「就你們？」

李大木老師嘴裡的茶，差點兒噴出來。

「這是高級家教班呀，二個人怎麼上課？」

「老師，加上你就有三個人了，古人說，三者為眾，雖難盡繼，宜從尤功。」這句我剛背，現買現用，暖呼呼的。

李大木老師搖搖頭：「好吧，你們『兩個』先做暖身操，再去跑五圈操場，然後，我們就來上體・育・課。」

五圈操場說短不短，我跑得喘噓噓，好幾次想停下來，全被阿正拉著。

我的肚皮在跳舞，一顫一顫的。

「李老師……故意的，以前……以前都嘛只要……跑三圈就好了。」

「難道你想回教室？被其他同學當笑話？」阿正不服輸，「我的左腳也很痛呀，可是，我寧願跑。」

「奇怪，你最近怎麼老是在揉腿？」

「可能是太久沒有運動了，放心啦，我有這種祕密武器。」他拉開運動褲，底下全是運動藥膏布，「好了，趕快跑，跑一跑就不會酸了！」他拉著我，推著我，硬是跑完五圈。

回到體育室，阿正說：「老師，跑完了，可以上課了。」

李大木老師指著後頭的器材室：

「嗯，今天我們先上認識運動器材課，你們把這裡的東西擺好擦好，再把地掃好拖好，就可以了！」

體育器材室裡，光線陰暗，地上凌亂擺著呼拉圈、啞鈴、十幾根禿了的掃把，後頭的平衡木上還堆了破破爛爛的跳高墊，一層又一

層，中間夾雜數不清的飛盤、球棒和壁虎、蟑螂大便。

至少有一百年沒人清掃過。

我還發現一隻特大號的蜘蛛，躲在牆角，牠結出的巨大網子，連麻雀都能抓到吧？

我重申：「老師……我們是……是來上體育課的。」

「嫌苦就回去上英文課。」李大木老師沒事人般的說，我猜他心裡一定這麼想：好難得有一節休息的空堂，偏偏跑來兩個搞不清狀況的天兵。

他很好心的指著門口的招牌，和藹的說：「看清楚沒有，上面寫了『體育器材室』對不對，掃地也是在勞動身體，當然跟『體育』有關呀！」

「這……不是……」我還想說。

「好！我們清！」阿正丟了枝掃把給我。

體育器材室看起來不大，清起來卻很費力，掃把輕輕一揚，就是滿天的灰塵。

哈啾！哈啾！

我們兩個輪流打噴嚏。

先把東西歸定位，地上還用拖把來回拖了四次，本來以為都好了，阿正卻在一個軟墊夾層裡，發現一隻死老鼠。

「難怪這裡總是有一股臭味。」李大木老師呷了一口茶，滿意的說，「你們表現的不錯哦！」

一直到放學鐘聲響時，我們的工作才勉強結束。

我看看阿正，他的頭上沾滿了蜘蛛絲，全身上下髒兮兮的，我猜我也好不到哪裡去，阿正手裡捧著一個裝碼錶的紙盒，裡頭是那隻大蜘蛛。

李大木老師讚賞的點點頭：「嗯，沒做完的，下週二再做！」

他大概想，我們這兩個國三的天兵，以後絕對不敢再來上「體育課」。

只是他沒想到的是，他遇到的是阿正，阿正咧開了嘴，露出潔白的牙：「YES SIR！」

如果你只聽到他那種輕揚的語調，你絕對以為他是剛剛去打了一場多麼刺激的球，或是剛去哪裡散完步，全身上下散發快樂的氣息。

我遲疑的問：「我們下禮拜再來打掃體育器材室？」

阿正點點頭：「對呀，至少這裡有體育兩個字嘛！」

「當灰姑娘還這麼高興？我真服了你！」

阿正走到校園，他把紙盒弄傾，那隻蜘蛛乍獲自由，一時還有些遲疑，遲遲不敢爬上榕樹上。

他拍拍手：「你如果覺得這算苦，那就真的苦不堪言；但是，如果你回頭看看自己清過的地方變得很乾淨，其實還挺有成就感的呢！」

「我懂了，這叫吃得苦中苦，方得樂中樂。」

「不，比起坐在教室，滿腦子想著體育課不見了，那才叫做痛苦。」

阿正說完，笑著朝蜘蛛吹了一口氣，那隻大蜘蛛彷彿大夢初醒，急呼呼的爬上大樹。

「有道理。」

我們勾著肩走進教室時，班上投射過來的，全是懷疑、嫉妒和羨慕的眼光。

林竹華直接問：「體育課好玩嗎？」

我們互相看了看，不約而同：「好玩，好玩極了。」

「是嗎？我怎麼覺得你們好像掉進水溝一樣髒？」

駱馬的話，惹得全班哄堂大笑。

笑聲中，倒是傳來阿正清清朗朗的聲音：「那好呀，下回體育課就一起去，反正艾美老師還欠我們班兩節體育課，我們找她要。」

「找老師要課？這……免了吧！」駱馬嚇得搖手，急忙退回他的座位。

5. 不老師

昨天下課，大家都在猜，如果今天來借課的人是步老師，阿正敢不借嗎？

趙家平說：「跟天借膽哦，只有不老師跟人說不的時候，哪有人敢跟不老師說不。」

阿正問：「如果老師真的答應了呢？」

「我們就陪你去上體育課！」趙家平打包票，連同四周的人也全都點頭應允。

全校都知道，步雲騰老師是數學名師，升上國三的學生只要能被

步雲騰老師教到，指點幾下，基測的成績立刻突飛猛進。

名師有名師的派頭，步老師教學嚴格，對人一板一眼，學生上他的課，只能乖乖聽講。

誰要是想有什麼意見～

「不行，不能，不好，不要，不願意。不用功，不認真。」

從步老師嘴裡講出來的話，都是不字，久了，「步」老師就變成了「不」老師。

這麼嚴格、認真的老師，不像艾美老師那麼好說話。

所以，週二第七節課，我們幾十雙眼睛，全都盯著阿正。

……說不定不老師今天不借課呀！

……說不定又是艾美老師來借課。

……說不定阿正不敢舉手。

一整節課，我心神不寧的。老師教的不等式，我聽得迷迷糊糊。

「這樣，再這樣，就叫做不等式，記下來沒有？」不老師問。

「記了。」我們大聲的說。

「好，下一節我們先小考一下，我就知道你們是不是真的記住了。」

來了來了，不老師真的開口了。

「老師，我有問題，」阿正的手舉在半空，「等一下是體育課耶！」

「不能上體育課，我已經向李老師借好課了。」不老師說，「國三生，考試第一，現在離基測二百天不到，不能再玩啦。」

不老師用一大堆不字，把話說得斬釘截鐵，不肯不能不願意。

張正正敢跟艾美老師要課，不老師呢？

他敢嗎？

全班睡著的都醒了，醒了的都睜大眼睛。

阿正站了起來，毫無畏懼的望著不老師；不老師居高臨下俯瞰著他的表情，活像是暴龍，正在欣賞到嘴的獵物一般。

「如果……如果我們的課不想借呢？」他看看我，我只好挺起胸膛，微笑，給他一點精神上的支持，「我們班想上體育課。」他終於把話說完。

「不行！」不老師很乾脆，「我不是艾美老師，我們班是這個學校最好的班，再過不久，你們也會是這間學校考上最多第一志願的班級，所以，我絕對不會答應讓你們去上體育課，不・可・能！」

不老師絕不退讓樣子，簡直就像教室裡的國王。

這下子，我急忙把頭縮回去，連呼吸都不敢太用力。

不老師是不老師，當他說不時，沒人敢說好，現在，他想上課，就是上課，他可以對著別人說不，學生，想跟他說不，門兒都沒有。

他雙手抱胸，得意洋洋的又看了我們一眼。

不老師似乎很享受這種感覺，他是教室裡的主宰，他在宣告自己才是這裡的王。他享受夠了，這才慢條斯理的揮揮手，要阿正坐下。他心裡一定在想：「這小子，非得好好治治不可。」

阿正不坐，還從抽屜裡掏了張紙出來，是功課表嘛，這小子不簡單，有備而來。

「老師，這上面有印，這節是體育課！」

阿正的意思很清楚：白紙黑字，明明白白。

「你沒聽清楚嗎？我再跟你們班，當然，包括你，再說一次：**我不是艾美老師**，我**絕對不會**答應讓你們去上體育課，**絕對不會！**」

不老師動怒了，憑他豐富的教學經驗，多年的明星教師光環，今天竟然有人敢挑戰？

「**坐下！**」他聲音大了點。

阿正看看我們，想尋求一點支援；我們卻沒人敢看他，連我都孬孬的把眼光撇開。

這時，阿正突然問：

「老師，你要借課，不是要有調課單？」

「調課單？」不老師頭皮緊縮，鼻孔暴張，他真的生氣了，「沒有調課單，我想借就借。」

「可是，你借課，我們如果不同意呢？我們不想借給你上課不行嗎？」

「不行！我說不行就是不行。」不老師大踏步走下講台，用力壓在張正正肩上，「我要上課，你坐下。」

「我不坐！你借課要經過我們班同意。」

「哼！講民主嗎？你們表決呀，看看誰會支持你。」不老師的手放了下來，怒氣沖沖的將藤椅拖到教室一角坐下，兩腳蹺著，「班長，你主持會議，看看你們這節要上什麼課？」

班長是他兒子，步懼站起來，有點遲疑：「這……」

「去啊！」不老師提高了音量。

不老師知道，沒有學生敢反抗他，除了張・正・正。

步懼還能怎麼辦呢？他只好在黑板上寫了：

（　）贊成這節上體育課。

（　）贊成這節上數學課。

寫完，他擔心的看看不老師。

不老師點點頭，步懼這才回頭問大家：「支持上體育課的同學請舉手。」

偌大的教室，凝重的空氣裡，果然，只有阿正孤零零的一隻手舉了起來。

態勢底定，這情形大概早在不老師的預料中，他臉上的表情終於緩和了些。

還有什麼好表決的呢？

步懼不抱任何希望的問：

「那，支持第八節上數學課的同學請舉手！」

我突然發現，不老師臉上浮著一抹微笑，他調整一下衣服，大概是想站起來發表什麼感言或訓詞了吧？

可是……等一下，這……

我看看四周，我們班三十六個學生，竟然人人都坐得端端正正。

沒人舉手，連步懼，他自己的兒子都一樣。

贊成上體育課〈 〉
〈 〉

「你們……你們……」一向予人冷靜印象的不老師驚慌起來。

步懼的眼光裡，有一絲叛逆的喜悅在：「老師，一比零，大家……大家好像支持去上體育課。」

不老師會很生氣？

不老師會把門鎖起來，不讓我們出去？

我在心裡胡思亂想，阿正又舉起手了。

「你有什麼事？」聽得出來，不老師的聲音有點不自在，「你們不是要去上體育課了嗎？」

阿正說：「老師，借課我們不反對，我們也知道老師是為我們好！」

「嗯！」

「我想，大部分的同學都知道，前途學業很重要，可是健康也很重要，如果不重要，就不會印在功課表上了。」

「嗯！」不老師發現，有不少學生在點頭。

我也搶著說：「老師，如果你讓我們去上體育課，我回家一定會更認真看書，」

「你會更認真？太陽從西邊出來嗎？」不老師說，他臉上的線條柔和了。

風涼快多了，陽光溫和了。

不老師在夕陽將落未落之際，他大概搞懂了：我們班正在跟他談條件，我們想跟著課表正常的上下課，就像今天，我們只是想到操場上，流汗快跑高跳歡唱。而我們也保證，以後會更用功。

他只要點頭說好。

「如果還是弄不懂，老師，我們一定會去找您，請您幫大家解惑。」阿正代表全班發言。

不老師現在有兩個選擇：

一個當然是不答應，他是名師，家長絕對站在他這邊，只要他搖搖頭就可以，那一切都會回到原點，體育課愛借不借，只看他的臉色，我們班的成績應該都會不錯，但是……但是我們跟他立刻會變成兩邊。

銳角對銳角。

如果他點頭呢，他也許在評估，用數學家理性的角度：最壞的可能是我們退步了，不過影響不大，他可以利用別的時間來補課，像是午休、早自修。

這樣他和我們會在同一國，像是同位內角，互補。

主動權在他，喊停的權利也在他。

「你們保證？」他摸著下巴，看了我們一眼。

「保證，保證！」所有的人發出一聲尖叫。

「如果沒做到，我會再來借體育課。」他慎重的，像在許個約定。

「YES SIR!」同時間，我們班三十六個人，主動的朝他行了個舉手禮，在金色的陽光中，笑得好燦爛。

6. 阿國

太陽從西邊出來？還是天會落紅雨？

不老師不借課，還要陪我們上體育課。

班上長得最高的朱峻弘說：「真的嗎？老師，等一下鬥牛我讓你啦。」

「老師，你小心，他想蓋你火鍋。」

朱峻弘比不老師高，這種情形極有可能發生。

但是不老師冷笑一下，任由體育股長整隊，做操跑步。

他呢，逕行找李老師聊天去。

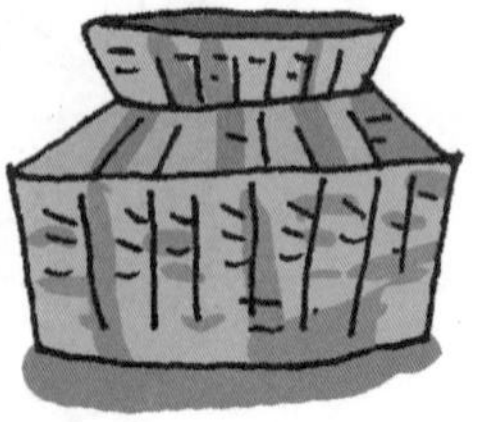

駱馬跑在我後頭，很不放心：「我看，有陰謀哦！」

趙家平不相信：「難道不老師要利用體育課來上數學？」

操場那邊，兩個老師的樣子，看起來就像在商量什麼。

李老師雙手抱胸，不住點頭；不老師靠著他身邊，朝我們指指點點。

駱馬胖胖的身體，跑起來像企鵝，企鵝也覺得不安：「真的奇怪哦！」

阿正的話讓人心安：「享受體育課要緊！」

對呀，難得下操場，想那麼多做什麼？

操場上班級多，連跑道都挺擁擠的，我們班規規矩矩的跑在內側，卻有幾個人，嘻嘻哈哈強行穿過我們隊伍。

「跑這麼慢，也敢出來丟人現眼？」

「閃到一邊去啦，別在這裡佔位子。」

他們嘴裡不乾不淨，還有人對女生毛手毛腳，嚇得女生一陣尖叫。

「你們……」趙家平質問的聲音只有兩個字。

「你們太過份了。」朱峻弘接著他的話。

那些人停下來，揚著頭，拉著朱峻弘，厲聲問：「怎樣，不行哦！」

「哦，很兇哦。」

「要不要去廁所釘孤枝？」

對方只有五、六個人，可是氣焰高張；我們班人數雖多，多是四眼田雞，斯文之輩，論起吵架怒罵的陣式，立刻矮人一截。

正在吵吵嚷嚷，阿正擠到前面：「你們欺負女生，算什麼英雄好漢？」

一個小光頭眉毛一揚：「對對對，我們不是英雄又怎樣？」

駱馬在後頭低聲的說，他們是四班的，四班是棒球隊，不愛讀書，整天在學校打打鬧鬧，連老師都拿他們沒辦法。

我拉拉阿正：「別……別理他們。」

小光頭立刻扯著阿正的領子：「你叫什麼名字，等一下去後校門。」

阿正不願意，用力掙開他。一不小心，手就這麼揮到小光頭的臉。

小光頭很生氣，猛大步向前衝過來：「你敢打我？」

他的拳頭還沒碰到阿正，就被一隻從背後而來的大手牢牢抓住。

那隻大手的主人，身材高大，他一把將阿正和小光頭分開。

「吵什麼，要打架，等一下去球場打好了。」

那人站在西邊，逆光，但是，我和阿正還是不約而同的大叫：

「阿國！」

阿國只顧著對小光頭說：「小光頭，你不乖乖跑步，鬧什麼鬧？」

小光頭一見到阿國，剛才的氣焰消失了，狠狠瞪了阿正一眼，像在說，你給我記住，這才不甘不願的離開。

阿國又看看其他人：「去跑步啦，別在這邊欺負人家。」

他又推又趕，終於把四班的人都趕上跑道，我和阿正叫他，他也不理。

阿正問我：「阿國怎麼了？」

我聳聳肩，我也不知道。

****

國小要升五年級的暑假，我和阿正迷上釣魚，只要有空就背著釣竿找釣場。

那天，我們找到一個池塘，池塘看起來很深，我們判斷裡頭應該有魚。

只是那天運氣不好，釣了二、三個小時，魚遲遲不上鉤，我開始懷疑，是不是這個池塘根本就沒魚，又或者這裡的魚就是不愛吃蚯蚓？

就在我們意興闌珊，準備收釣竿的時候，一個比我們高大的男孩，突然遮住陽光。

他挑釁的說：「這是我的池塘，誰讓你們來的？」

那人濃眉大眼，看起來年紀和我們差不多。

「池塘邊又沒寫你的名字。」我勉強辯駁。

「而且這個水塘裡也沒有魚。」阿正說。

他輕蔑的看看我們的網子，裡頭當然沒有魚。

然後，再來的畫面，我大概會記得一輩子。

他背著光，陽光為他的頭髮染上一層金霜，他飛快的上餌、甩竿，動作流暢，簡直就像天才小釣手。

「這裡釣不到魚啦。」我勸他，「我們釣了一下午，連青蛙都……」

沒有兩個字還沒說呢，他那根自製的竹釣竿一拉，一尾五指闊的魚破水而出。

「這……這……」我和阿正嘴巴張得大大的。

「草魚！」他熟練的用網子接住魚，拔掉釣鉤，再上餌，再甩竿，咚的一聲，浮標和鉛錘落水。

我呆呆的問：「池塘裡不是沒

有魚嗎？怎麼……」

「同款不同師父，知不知道？」

他說得老氣橫秋，左手拉拉釣竿，潑啦一聲，又一尾草魚出水。

這尾草魚在空中扭動，比前一尾還要大。

「太神了！」回家的路上，阿正說，「下次遇到他，一定要請他教我們釣魚。」

明師可遇不可求：「那我們現在回頭去找他呀！」

阿正搖搖頭：「不行啦，我答應我媽，六點鐘要回到家。」

我突然想到：「說不定他是釣神耶。」

「釣神？」

「就是釣魚神呀，他釣魚的技術那麼好，動作那麼流暢，搞不好真的被我們遇到神了，很多神都用這種方法現身的。」我解釋。

「可是哪裡有釣魚神？」

「一定有，我阿嬤說，每一種東西都有神，石頭有石頭神，大樹有大樹神，釣魚的當然也有釣魚神！」

只有神，才能在我們釣了一下午，又一直釣不到魚的池塘裡，拉出一尾一尾的草魚吧？

「唉，好可惜！」想到失去向神祈願的機會，我就不免又要嘆一口氣。

開學那天，我和阿正仍被編在同一班，而我們也驚訝的發現，他，那個釣魚神，就睡眼惺忪的趴在最後一排，看到我們了，懶洋洋的跟我們揮了揮手，意思大概是，你們來了！

「是你！」阿正說，「你的釣魚竿呢？」

「原來你不是釣魚神？」我說。

他瞄了我們一眼，簡潔有力的說：「神經！」

後來，我們當然知道他叫做蘇振國，大家都叫他阿國，而且他真的不是神。

我們從沒見過阿國的媽媽，因為阿國自己也沒見過媽媽。

阿正還是很好奇：「那你媽媽究竟在哪裡？」

「我爸叫我別問。」阿國說得理所當然。

我和阿正趕緊點點頭。

阿國爸爸很兇的，尤其是喝醉酒的時候。大多的時間，他都是在酒醉狀態，只有傻子才會笨到去問他：請問你的老婆跑哪兒去了。

阿國也不知道他爸做什麼工作，我們終年看到的阿國爸爸，總是醉薰薰的模樣，紅著眼，低著頭，嘴裡不清不楚的說話。

至於阿國的媽媽，我和阿正連想都不敢想，他那可憐的媽媽，會有什麼悲慘的遭遇。

阿正猜：「被他爸爸賣掉？」

我想的是：「被殺了？」

這話才說出口，我們急忙把嘴巴摀住，四周看看沒有人，這才稍稍安了一點心。

阿國家住在社區最邊緣最後面那排低矮的房子。那裡的房子又多又亂，感覺很擁擠，幾條死巷子，水溝很臭，沒有廟埕，沒有商店。認識阿國前，我和阿正很少到那裡玩，認識阿國後，那排矮房子卻成了我們最愛去冒險的地方。

阿國沒有零用錢，可是他卻很少為錢煩惱。

賣手工饅頭的阿婆人很好，常常把她前一天沒賣掉的饅頭分給他。

「歹銅舊舍伯仔」是揀破銅爛鐵的，我們常挖鐵管、電線拿去跟他換棒棒糖。

矮房子裡其實是有一家雜貨店的。

陰陰暗暗的店面，走進去要有很大的勇氣。

老闆捨不得多開燈，透過門口的餘光，有成排的罐子在架子上，青芒果、酸梅和漬芭樂紅紅綠綠的側身其間。只要五塊錢，就可以買到一大把。

而殺豬的私宰場也在那附近。藍色的發財車，載來幾頭豬，豬大概知道自己的命運了，尖叫、哀號、扭動成一團。

幾個屠夫穿著連身的塑膠圍裙，把尖聲哀號的肥豬，一隻隻拖到架子上，長長的尖刀，似乎要劃破空氣般。

我想我的臉色一定很蒼白，阿正也是，我們兩個不由自主的握著手，這才發現，彼此的手都在顫抖，回頭看看阿國，他卻看得津津有味。

他得意的問：「連殺豬都不敢看哦？」

「沒……沒啦！」我們心虛的說。

後來不管阿國怎麼約，說是殺豬比電影還好看，我們卻再也不敢踏進私宰場附近。

阿正的數學常常考滿分；我的作文也常得名，但是這都比不上阿國的釣魚技術。

雖然考試時，他很少能考及格，但是，有什麼關係呢？私下我們都認為，阿國的聰明，不是考試考得出來的。

有一次，我和阿正買了一個新風箏，興沖沖的拿去學校放。那天的風其實不太好放，阿正跑得臉都紅了，風箏還是躺在地上裝孬種。

後來阿國來了，他看看我們，看看那個不想飛的風箏。

「啊，你們不放了嗎？」

「你會放就送你。」我是想，反正放不起來的風箏，拿回家只是佔空間。

風吹得亂七八糟，我和阿正趴在草地上抓蟋蟀，阿國卻專心的對付那個賴皮風箏，調調提線，扯扯尾巴，拋一點乾草試風向。

「阿國，那個風箏不會飛啦！」阿正喊著。

阿國搔搔頭髮：「沒試怎麼知道？」

他開始跑，風箏在他頭上轉陀螺，咚的一聲，直接敲在他的腦袋上。

「別試了啦。」我喊。

他留在操場那頭，身子小小的，風箏小小的，對我們揮揮手，然後，他又一次快跑。

這回，風箏像是裝了翅膀，直直的往上往上又往上，然後就停在藍天上，像隻小鳥。

「怎麼……怎麼可能？」我們坐了起來，朝他跑過去。

他笑笑的把線軸塞給阿正，坐在草地上，拔了根草放進嘴裡咬。

那樣子帥得不得了。

後來我們還知道，他很會打棒球，用竹竿就可以把球打得飛過操場，雖然他買不起手套也買不起球。

他也會騎腳踏車，但是他爸爸沒錢給他買輛車，可是我和阿正都願意把車借給他，直到今天我們都還相信，只要給阿國一輛腳踏車，他就有辦法騎到世界的盡頭；就算沒有腳踏車，用走的也行。

五、六年級那兩年，我們三個人是最好的朋友，到哪裡都在一起。

升上國中，我們和阿國之間的距離卻一下子拉遠了。

我和阿正在一班，他孤獨的在另一班。

我們放了學還要去補習，他不用。

繁忙的功課，我的釣竿只能吊在牆上當裝飾，沒空找阿國。偶爾在路上碰見了，也沒什麼力氣打招呼。

只是偶爾聽到他的消息，全在訓導處的公布欄。

偷抽煙，小過一支。

曠課三天，小過一支。

頂撞師長，小過二支。

怎麼會這樣？怎麼上了國中，童年玩伴竟然會變了樣？

7. 驚天動地的大陰謀

阿國他們走了，兩位老師這才趕過來。

李老師問：「四班的人來幹什麼？」

步懼把剛才的事重講一遍，我們在旁邊加油添醋，反正就是一群討厭的色鬼，欺負我們班的女生，幸好我們班勇敢的男生做出英雄救美的行為。

不老師聽了竟然沒生氣，他笑說：「好啦，這叫做不打不相識，等一下打起來才會更刺激。」

我不解，難道不老師真的要我們和對方「釘孤枝」？

李老師要四班的人過來集合：「我和不老師商量，你們難得全班來上體育課，所以想讓四班跟你們打一場友誼賽！」

「和四班？」

「他們不是體育班嗎？」

「穩死的啦！」我們班一陣哀號。

四班是三年級唯一的體育班，說體育班是好聽，其實就是不想升學或是不想讀書的班，他們整天在學校胡鬧，全校老師都怕踏進他們教室，說得也是呀，一屋子牛鬼蛇神，連神仙都怕。

剛才只是一個小光頭，就差點和我們班打群架了，如果他們全班都來的話？

趙家平急忙說：「老師，我們班自己玩三對三鬥牛，不然，去操場邊傳傳球怎麼樣？」

不老師瞅他一眼：「不怎麼樣！你要是不喜歡，我們就回教室和數學課約會，怎麼樣呀？」

「當然……當然不好呀！」趙家平苦笑著擺擺手。

天下沒有賣後悔的藥，不老師大概是想逼我們投降，乖乖回教室上課，否則也不會要我們跟四班打球呀。

四班的人過來了，個個站得歪歪斜斜的，他們看起

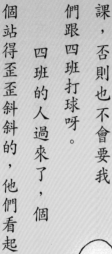

來都很慓悍，阿國冷漠，小光頭像流氓一樣，冷眼瞧得我頭皮發麻，還有幾個人聽說要跟我們打棒球，大聲咆哮著：「啊，跟飼料雞有什麼好打的啦！」

「那種書呆子，打得到球嗎？」他們嘲笑的聲音，讓人氣憤。

「誰是飼料雞？」我們班的人聽得義憤填膺，氣憤趕走了畏懼感，每個人都想用棒子好好教訓四班。反正是打棒球，不是打群架。

「輸贏不重要，重要的是團隊精神，堅持到底，知不知道？」李老師對我們說。

「少輸一點，就不會太難看了。」這是不老師的話，沒有半點同情心。

步懼負責選人，我和阿正都下場，班上的女生轉身到樹蔭下，說是我們的加油團。

「妳們是怕曬黑，不過，別擔心，哥哥一下子就打勝仗回來

了。」趙家平把球棒舞成大刀，逗得女生呵呵呵直笑。

而四班的人呢，聚在一邊做暖身操，拉筋踢腿轉身，忙得不亦樂乎。

「班長，我們班不練習一下嗎？」阿正問。

步懼還沒說呢，趙家平揚著球棒：「別怕啦，他們那種野獸只知道用蠻力，別忘了，我們八班的人智慧高，」他指指腦袋，「會用這裡打球。」

步懼點了點頭：「好了，大家下去教訓他們吧。」

歷史上多的是以智取勝的故事。

真實的棒球賽應該也是這樣嘛。

但是，球賽開始沒多久，我們就愕然的發現，智慧與體格其實是很有關連的。

你明知道對方會用大力揮棒，你也知道球會怎麼飛，但是，你的

腿短速度慢，就是追不上那顆球。

對方的體格與技術，遠遠超過我們的智慧。

我負責投球，但是我丟的球不管高低，對方都有辦法把球打出去，我們班的防守也太弱了，高飛球接不到，滾地球會「過山洞」，平飛球飛過去，竟然有人嚇得用手套護頭，趴到地上，那種遜咖的表現，簡直讓人搖頭。

原來沒有體格和技術，差距太大，空有智慧也不夠。

好不容易，對方終於三人出局，人家一到九棒已經打了一輪。

「沒關係，下一局，給他們好看。」阿正安慰我，他剛才接球時跌了一跤，腳都腫了，還來安慰我。

對呀，球是圓的，才半局嘛。

趙家平信心滿滿的上場，一顆明顯的挖地瓜球他用力一揮，球被他撈得高高的，人家的游擊手一接，死當。

第二棒是朱峻弘，這小子長得高，頭腦不錯，看見阿國不注意，臨時擺成短棒，輕輕一碰，球卻很倒楣的落在阿國腳邊。阿國隨手一拋，二出局。

我是第三棒，上場前，阿正對我比比大姆指，我笑一笑，把球棒扛在肩上，像個戰士出征般。

我先朝阿國點了點頭，但是那小子看也不看我，只是對著他們捕手點頭，摸帽子，哼，臭小子，擺什麼架子，當自己是職棒選手嗎？

既然這樣，我也不客氣了，球來了就打。

第一球，球棒差一點就碰到球了。

第二球，球棒把球打到界外。

到了第三球，我看得很準，球突然間好像變大了，我奮力一揮。

砰！

球穩穩的落在捕手手套裡，三振出局。我氣得想摔球棒，投手丘上的阿國呢，擦擦汗，跑回休息區，和我擦肩而過，理也不理。

「這……這小子，我一定要他好看……」我對阿正說。

阿正聳聳肩：「你小心一點，別讓他一直給你好看。」

「怎麼可能嘛！」我大叫，吆喝大家趕快去防守。

只是這世界上有些事就是這樣，你越以為不可能的事，它就越會

發生，人不能鐵齒。

一場比賽下來，我們一分未得，四班呢，每一局至少得五分，五十分鐘的體育課，他們輕輕鬆鬆得了二十一分，最後計分員都懶得算成績了，我們班加油的聲音也在一局後消聲匿跡。

還好，世界上還有一種東西叫做下課鐘聲。

鐘聲一響，所有的痛苦都會消失的，不然我們會被宰得更慘。

回到教室，人人都是垂頭喪氣。

不老師站在講台上，好得意：「你們再練三個月也打不過人家，上體育課？笑死人了！」

他真的很過份，我們已經夠傷心了，他還在台上繼續踐踏我們的自尊心。

「四班的學生不讀書，以後出社會也沒有用，你們想學他們嗎？年少不努力，老大徒傷悲，現在不讀書，長大到街上混？憑你們這種身手，打球不會，打架打輸人家，去黑社會呀，我看當嘍囉都沒人要，哼！」

他睥睨的看著我們，大概以為我們從今天開始，再也不敢有玩的心了，他張開口，還想說話時，阿正舉著手問：「老師，我有問題。」

不老師看看他。

「如果我們可以呢？」

「什麼可以？」

「老師不是說我們再練三個月也打不過人家？」

「我本來想講三年，不過你們沒時間了！」

「如果給我們三個月的時間練習，我們真的打贏他們呢？」

「打贏他們？」教室響起一陣嗡嗡討論的聲音。

不老師很嚴肅的看著他：「機率來說，你們只有百分之零點零零一，翻成普通話那叫做絕對不可能會成功，不過，你們都讀成功國中，我總要給你們一點機會，讓你們相信世界上還有成功的可能。好吧，如果你們能真的打敗四班，從那天開始，不老師就改名好老師。」

他眼神銳利的盯著我們。

原來他早就知道他的外號叫做不老師。

8. 一個都不能少

未來三個月，想要每天早自修都去練球，不老師還有兩個附帶條件。

第一條：全班都要贊成練球，一個都不能少。

第二是全班的家長都要同意，規則同上。

難的地方在第二條，家長怎麼可能全部同意，光是步懼的爸爸就絕對不會答應了。

步懼的爸爸就是不老師——我們三年八班的導仔。

他怎麼可能答應，難怪我覺得他在說的時候，有一抹神祕的笑

意。

阿正卻說，怕什麼怕，事情還沒做，何必先想困難來打擊自己？先做就對了。

他說的有道理，雖然我心裡有一點點不祥的預兆。

果然，班長一上台，請大家回去問父母意見時，自私三人組就躲在後面放暗箭。

三人組的老大李自私懶洋洋的說：「導仔說要全班同意，我們可沒同意哦！」

他說完，張式理、郭杉任這兩隻應聲蟲就陪著發出陰陽怪氣的笑聲。

我決定站在正義這邊：「這是全班的事，大家都要參加。」

李自私輕蔑的說：「全班？又沒有問過我們意見！」

我真恨不得一腳把他椅子踢翻：「剛才去打棒球，你們三個也都有下去呀！」

「唉呀，我們是好奇，想看看你們這些猴子在耍什麼把戲！」

趙家平衝到他們面前：「你說誰是猴子！」

自私三人組默契特別好。

李自私冷冷的說：「不知道！」

張式理瞧他一眼：「但是現在可能有隻猴子在我們面前。」

最後郭杉任大笑：「而且可能氣得滿臉通紅！」

砰的一聲，那隻氣得滿臉通紅的猴子，啊，不對，是趙家平已經一拳，結結實實打在郭杉任的臉上。

李自私和張式理立刻扯著趙家平不放，要好多人才能把他們分開，郭杉任稍微流鼻血，一張臉脹得紅通通，跳起來想打趙家平，幸好大家拉著他。現在不知道誰更像猴子了？

步懼在講台上喊著：「別吵啦，趙家平，你先動手，君子不跟小

12

人鬥，你先道歉。」

「為什麼是我？他們先罵人的。」

「好啦，君子不跟小人鬥嘛！」在全班一致要求下，趙家平這才心不甘情不願的低頭。

自私三人組終於坐下來，郭杉任把鼻血擦掉，惡狠狠的瞪了趙家平一眼。

只有耳尖的人才記得，步懼剛才是說，君子不跟小人鬥，明明白白把自私三人組當成小人了。可是小人沒注意聽，只一昧嘲笑趙家平：「你道歉，老子不接受。」

我問：「現在怎麼辦？」

「表決怎麼樣？民主時代，先表決，少數服從多數。」班長步懼提議。

「老子要是反對呢？」李自私又在唱反調了。

「多數會尊重少數！」步懼看看他，「沒問題了吧？請大家表決了！」

黑板上寫著：

每天早自修去練棒球？

贊成

反對

全班有三十六人，贊成二十七票，反對九票。

九票裡，當然包括自私三人組。

李自私高喊：「好了，有九個人不贊成，沒通過。」

反對的另外六個人，那是阿呆和阿歪一對寶，外加張志彬、江孟哲、潘駿和老康。

班長好奇的問阿呆和阿歪：「請問，你們兩個為什麼要反對？」

阿呆的回答很簡單：「別人都贊成，我就要反對。」

阿歪補充：「這就是我們最快樂的事。」

兩人比個帥的姿勢：「酷不酷呀？」

天哪，果然是來亂的，我們忍不住把衛生紙團丟過去。

步懼又好笑又好氣的問：「你們想不想打棒球？」

他們兩個立刻搖頭：「要打，」彼此又看了一眼，「而且我們帥夠了！我們贊成，嘻嘻嘻，是不是很酷？」

你說，有這種活寶嗎？

「那你們……」班長看看張志彬他們，「也是要耍酷的？」

張志彬很不好意思：「不是，我的功課本來就不如你們，如果每天又要抽時間去練球……」

他聲音低低的，江孟哲、潘駿和老康卻拚命的點著頭。

先說一下我們八班的生態。

八班是成功國中的重點升學班，學生是從一千多個國三生裡精挑細選出來的，專門以第一志願為目標的班級，即使是這樣，班上組成份子也有很大不同。

像阿正、步懼他們那種超級天才型的學生，平時不太愛讀書，老天爺卻特別喜歡他們，給他們一流的金腦袋，隨便考考，就可以輕鬆考到前十名。幸好這種金腦袋的人不多，只有三、五個。

另一種就是落後群，他們當初可能是因為一、兩次成績好，不小心被選入我們班，可是即使天天讀得三更燈火五更雞，也很難擠進前三十名，但是他們卻最認真，讀書效率最不好，而這樣的人在班上也不多，張志彬、江孟哲、潘駿和老康就是其中的代表。

班上絕大多數的人，都是像我這樣的，可能數學好，可能語文好，總之，我們的頭腦還不錯，功課也還可以，但是想上第一志願，那真的要很努力。

胸無大志的，像阿呆、阿歪雙寶，屬於隨遇而安型的，二三四志願都可以。

城府深一點的，像自私三人組，他們抱定隨時排擠別人，只想踩著別人的肩膀往上爬的主意，好像全國的國三生只剩我們這一班，他們只要打敗我們，就可以得到成功似的。

回頭說到張志彬他們，讀書很認真，上課努力抄筆記，下課都埋在座位讀書，張志彬問過不老師最有名的一句話是：「老師，這題怎麼跟你上課講的不一樣？」

那時我們才知道，原來他是把數學當成國文背，老師只要在題目上改一個彎，他立刻就會上當，難怪他讀得那麼很辛苦。

「那怎麼辦？」步惺問，「他們擔心功課，這……」

對呀，他們的顧慮有道理，認真讀書都跟不上了，如果又抽一節課去練球？

阿正倒是有個不錯的提議：「我們組一些學習小組吧，國小時不是有小老師制嗎？而且本班人才濟濟，每一科都可以找到四、五個人來當小老師，把這科弱的同學和強的同學分在一起，互相學習好不好？」

李自私第一個反對：「開玩笑，我自己讀書都沒時間了。」

「我們每天放學後都要留下來晚自習，以後的討論時間就訂在那時候，而且，我們也不要花時間教人，平時大家自己讀，但是遇到不懂的地方，在小組討論時提出來，我相信每一組的同學腦力激盪，提出來的解法一定比單打獨鬥還要強。」

張志彬怯怯的問：「如果我有三科都不好，那……」

阿正腦筋動得很快：「你可以參加三組，每一組討論時間都錯開，還有，來討論時，一定要提出問題，不然，就各讀各的。」

這意見很棒，說真的，連我都迫不及待想要與大家分享如何背地理最快的絕招，也想問步懼和阿正，有什麼方法讓

數學變得更可愛。

張志彬他們很高興的參加了。

步懼指指自私三人組：「那……你們……」

三人組正在交頭接耳，好久以後，李自私才說：「我們也要參加，但是我們三個人不要指導別人。」

他們說得理所當然，沒錯吧，就有這種自私鬼。

9. 宗長會長

拿著同意書，回家前我就想好怎麼說服我爸。

反正我爸只會恐嚇我：「不好好讀書，以後這家叉燒店就讓你接。」

爸爸說得斬釘截鐵，深怕我不知道開店多辛苦。

老爸不知道的是，其實我很愛我家的店。

烤鴨掛在烤爐裡，那是全天下最美的畫面，金黃欲滴的肥鴨，被一層紅色的火光包圍著，每當鴨子油脂滴入松木裡頭，迸裂出來的松香鴨肉，更像最絕美的交響曲，怎麼讓人不愛。

我們一家人都愛吃，老爸的叉燒店每週日都要休息，那是老爸放鬆的時候，也是老爸去別家餐廳探聽情報的時候。

每次聽人說到哪裡有間餐廳，哪裡有什麼特別的食材，老爸就會喜滋滋的盤算，不管路途有多遠，身邊有多少事。反正他認為吃最重要，能去看看別人怎麼做出一道他不會的佳餚，天下還有比那更重要的事嗎？

回到家，他總要把偷學、打聽、猜測、推想出來的食物重新做上一遍，再請我和媽媽試吃。

聽說媽媽還沒開幼稚園時，就是被老爸這一手絕學給追上的。

爸爸那三十多本油膩膩的筆記本裡，全是食譜。

他常說：「這才是我的傳家寶！」

老爸不知道的是，我也有一個部落格，當他去跟廚師攀交情，套一點別人的祕訣時，渾不知，我已經在腦裡記下所有的重點。

回來，透過網路，我可以找到更多的資料，我的小廚師日誌就是這樣來的。

我們一家人去不了的地方，我會翻食譜，食譜裡交代的食材我會去百貨公司找。法國的鵝肝、西班牙的番紅花，義大利的乳酪。

用胃用鼻子用味蕾記住每一間餐廳、每一個地方。

哪些地方產什麼食材，這都和當地的地理環境脫不了關係，這是我地理和生物考高分的祕訣，我每複習一次地理，就更加深一次我對當地美食的了解。

我現在還在研究語文和美食的關係，像是東坡肉，蘇東坡用什麼木材，用什麼豬？

美食的知識廣瀚如大海，如果我老爸真的叫我接手我家的店，我會興奮的跳起來。如果他不讓我打球，我就告訴他，我現在就要接他的店，我也不讀書了。

將計就計。

只是，我的計謀根本派不上用場，老爸去養鴨場選鴨子，今天大概不回來了。

媽媽剛下班，她看看我的同意書，爽快的簽名。

「德強，你真的應該多動一動，不然變成胖強怎麼辦？」

我媽，做事簡單俐落，不拖泥帶水。

「還說我，妳自己還不是很胖？」

老媽不急不徐：「德強呀，我不胖，怎麼像你媽呀？」

嘻嘻嘻，這也沒錯。

第二天讓人最驚奇的是步懼的同意書。

同意書上打了勾。

步雲騰三個大字，則是龍飛鳳舞的寫在上頭。

「你爸簽了？」

步懼酷酷的點頭：「當然！」

「連不老師都同意了！」我們發出一陣歡呼，惹得隔壁的江老師都過來瞧瞧發生什麼事了。

班長拍了好久的黑板，大家才安靜下來。

「三十六個人，回收三十一張，只剩五個人。」

趙家平說父母不在，也有人說忘了帶。

「喂，沒帶的糊塗蟲，明天記得拿來。」步懼交代。

「知道啦！」底下回答得懶洋洋。

我們還在討論時，不老師帶了一群人進來。

校長、趙家平的爸爸、李自私的媽媽，再後面幾個大人我不認識，不過，我猜也是我們班的家長。

一下子進來這麼多人，教室裡剎時顯得擁擠。

大家還搞不清什麼狀況，趙家平自己先走出去。

「爸！不是跟你說不要來嗎？」

趙爸爸看起來不太開心：「什麼不要來，你們班這款天大地大的大代誌，我做會長當然要來關心關心。」

趙家平有點扭捏的說：「哪有多大啦，別人的家長都簽同意書了！」

李自私的媽媽在一旁說：「別人是別人，啊，我也沒簽呀！我們家自立是準備要考第一志願的，你們逼他每天去打球？小朋友呀，王建民只有一個，第一志願也只有一個，人哦，一次只能做一件事，你們這些小孩哦，真是不懂事，父母那麼辛苦……」

李媽媽一講起來，就沒完沒了。

步懼急忙說：「可是李自立同意了呀，我們沒逼他，昨天投票表決的時候……」

李自私急著反駁：「這都是張正正的主意，要大家跟四班比賽，要我們練習，還要我們浪費時間教那些比較笨的人。」

我越聽越火大：「喂，誰比較笨了？」

校長急忙揮揮手：「好了，好了，各位家長都聽到了，這是一場誤會，是小朋友想打球，不是我們學校排三個月的棒球時間哦！記者先生也有聽到了哦，這件事就別寫下去了，好不好！本校注重升學，當然要求學生功課第一，等一下我再請步老師和學生溝通，好嗎？」

「記者？」原來黑框記者站在最後面，剛才沒看到，大概是趙家

平爸爸請來的吧。

黑框記者客氣的問：「所以，校長說這是誤會？」

校長滿臉堆著笑：「是啦，是啦，各位別氣了，到校長室泡個茶好不好？」

就在大家正要走的時候，那個永遠不識時務的傻子阿正，高高舉著手：「校長，我有問題。」

校長臉色一沉，等著他。

「這不是誤會，我們要上體育課。」

校長很不以為然的說：「學校有體育課呀！」

我搶著說：「可是都被數學、英文借光了呀！」

黑框記者的隨身麥克風遞到校長面前：「是嗎？成功國中沒有教學正常化？」

校長連忙搖頭說：「不不不，本校教學最正常了，只有不正常的學校才會把數學挪去上體育課！」他大概真的急了，把數學和體育都弄混了。

阿正很聰明的問：「那校長的意思是，我們的體育課不會被借走了？」

「當然，功課要緊，身體也要緊，成功國中希望學生有健康的身體，才能經得起大考的壓力嘛！」校長接得很自然，「會長，對不對？」

趙會長臉有點紅：「是啦，當然是讀書和身體都重要。」

這下，黑框記者的麥克風又轉去問阿正：「那，你們的棒球賽是怎麼回事？」

「我們……我們只是想，在國三這一年，除了認真讀書，也要認真過生活，生命只有一次，我們不想把這一年全埋在功課堆裡，所以，我們想……」

我說過，阿正有雙很好看的眼睛，當他在說話的時候，你會不自覺的跟著他說。

「對呀對呀！」那些大人說，「應該的嘛，年輕不要留白，要用力去過生活。」

趙家平有點不安：「爸，那張同意書？」

趙會長看看他：「放心啦，阿爸現在就簽啦！」

耶～我們教室爆起的歡呼聲，又讓隔壁班的江老師探頭看了一下，只是她一看到校長，嚇得立刻躲回教室。

10. 比讀書重要的事

讀書和運動都重要！

〈本報記者王家堂訊〉

誰說國三生只能終日埋首課本？

本鎮成功國中打破一般人的刻板印象，將在三個月後，一月一日開國紀念日當天，舉辦一場棒球賽，由升學班的學生在鎮立棒球場挑戰體育班的學生。

為了這次比賽，升學班的學生，將展開為期三個月的訓練，從繁忙

的課業中，抽取一小時來練習；而體育班的學生，每天也要多讀一小時的書。

成功國中楊志城校長表示，該校五育兼顧，不但升學成績好，學生的體能也棒，就是要讓學生允文允武，不當只會考試的弱雞。也就是說，要讓功課好的孩子打球；會打球的孩子也愛讀書。

家長會也很支持學校作法，該校家長會長趙天炳先生指出，他的孩子目前也就讀升學班，但是每天都會抽空運動，因此才有體力應付艱難的基測大考。

趙會長還說：「世界上，還有很多事比讀書還重要，健康的身體和團隊精神都是重要的選項。」

比賽當天的門票收入，將全數充做鎮立圖書館的購書基金，歡迎鎮內熱愛棒球，關心教育的朋友，屆時到場為他們鼓勵、加油與打氣。

這則新聞只佔了一小塊方格，而且是登在地方版上。

奇怪的是，不管哪一科的老師，進了教室，都會用一種很好奇，很不可思議的眼光盯著我們，就像我們是第一天上學的猩猩。

艾美老師眼睛瞪得很圓，嘴巴張得很大：「真的？和四班打球？OH MY GOD！」

理化老師指著報紙：「報紙印錯了？不是你們班的人？我今天有戴眼鏡來哦！」

他的笑話真冷，我們忙著算反應式，留他自己耍寶。

其他班的學生反應，大致可以分成兩類：

第一類是來關心兼看熱鬧的。他們趴在窗邊，東看西看，看得我們很不自在。好不容易他找到認識的人了，這才加油打氣一番。明著是來加油打氣，其實是來打聽有什麼八卦消息，這樣的人三成不到。

絕大多數的人，都是那種嫉妒、羨慕外加等著看我們出糗的。每

一節下課，都會有一群一群的人經過外面的走廊。

嘲笑的有，說的話都是這種：「笑死人了，想跟體育班打球？」

不然就是幸災樂禍：「文武雙全，好笑哦！」

步懼整天守在門口，避免我們班的人衝出去尋仇。

下午的時候，四班的小光頭也來了：「是誰提議的，叫他出來！」

步懼要他冷靜，他不聽，那節下課就在教室外頭碎碎念。

最後趙家平受不了了，直截了當問他到底想幹嘛，他惡狠狠的罵一句髒話，然後說什麼打球就打球，幹嘛害他每天要多上一節數學課。

原來小光頭天不怕地不怕，就怕上數學，我們班的人聽了都想笑，可是看他那窮兇極惡的樣子，又得忍著。

趙家平憋得難受，還裝可憐：「對呀對呀，我們也不想打球，唉呀，好累哦！」

幸好，不老師隨著鐘聲出現在走廊那邊，他終於走了，而我們的笑聲這才爆發出來，這一笑不得了，老師進了教室，我們的笑聲都還收不起來哩！

回家的時候，我忍不住問阿正：「搞這麼大好嗎？」

阿正咧開白牙，笑著說：「那天黑框記者問我，我講著講著，腦海裡的計畫就越來越多，最後就變成……」

「升學班大戰體育班？」我指著他：「你慘了啦，四班的人都恨死你了，除了小光頭，對了，你還害不老師每天早自修要去四班當鎮暴部隊！」

阿正兩手一攤：「不老師待在四班，李老師才能安心訓練我們嘛！」

全校大概只有不老師鎮得住四班的牛鬼蛇神，讓他們乖乖算數學。

至於李老師，他在第二天早上，就開始對我們展開集訓。

你不知道那種爽勁，清晨的操場，陽光不強，傳球、投球很舒服。李老師以前也是棒球隊員，他的訓練很紮實。他說，打棒球沒其他訣竅，練習就對了，一個動作，只要實實在在做上一百遍、二百遍，把它當成像吃飯、寫字一樣自然，它就會是你的基本功，別以為職棒選手凌空飛撲、滾地向前的美技好像很簡單，其實，所有的美技都是苦練出來的。

為了證明他的話，第一天的早上，我們只做向前跑，接住滾地球的練習。不讓球從兩腳間滾出去，用手套擋住，最好還能接起來。

看起來很簡單的動作嘛，就只是迅速移動到球來的位置，單膝跪下，擋住球，可是如果沒做對，硬式棒球打到身上，會痛得永生難忘。

像阿正，常常被打到齜牙咧嘴的，跑步都快成「掰卡」了。

「你沒問題吧？」我問。

他痛苦的揉著左腳：「還好。」

這麼辛苦，練了一週，我們班有一半的人想打退堂鼓。

自私三人組說：「我們決定留在教室裡看書，但是精神永遠與大家同在。如果你們有需要，再找我們好了！」

果然自私得可以。

李老師笑呵呵的，一點都不在意。

「打球就是要讓自己樂在其中，如果沒興趣，待在這裡也很痛苦，對不對？」

我憤憤不平的說：「這是班級榮譽。」

駱馬揉著屁股：「榮譽跟屁股，孰輕孰重？我選擇屁股好了。」

我擔心：「人如果都走光了，怎麼辦？不老師說要全班都參加。」

李老師拍拍我的肩：「那最好，天下太平！我回去四班上課，你們的體育課天天有人借。」

室。

看起來還是不老師厲害，他鎮守四班，就沒聽說哪個人敢逃出教

為了不讓李老師太早「納涼」，幾週下來，我們班的棒球隊，勉強留下九個人，清一色男生，雖然練得身上處處淤血、擦傷，但是，防守時終於像模像樣，打擊時也不會老是揮空棒。

讓李老師最訝異的是趙家平，別看他平時瘋瘋癲癲的，戴上護目眼鏡上場投球後，球速虎虎生風，我蹲捕時，手被他砸到發麻。

李老師不止一次問他：「想不想轉到四班？別讀書啦，來打球！」

趙家平搖搖頭：「我爸怎麼可能答應？」

我忍不住問：「老師，那你看，我們如果現在和四班打，勝算有多高？」

李老師斜瞄我一眼：「你現在和四班比數學，誰厲害？」

「當然是我呀！」

「那就對了呀，你才練一個禮拜，他們現在和你打棒球，你猜你打得贏嗎？」

我不好意思的搔搔頭：「說得也是厚！」

雖然還不能去比賽，可是收穫也不少。全校老師都知道我們班的大計畫，現在沒人會打我們班體育課的念頭。

而晚自習時，棒球隊九個人組成三個讀書小組，數學的、英文的和理化的，有問題提出來討論，大家都不好意思藏私，像步懼就秀了好多手他爸解題的私房技巧。

白天少人家一節自修，晚上當然要更努力，也不知道是不是運動的關係，一回家倒頭就睡，白天精神反而好。

如果你問我現在的生活怎麼樣？

嗯，我大概會說，從來沒有這麼充實過呢！

11. 剉冰店風雲

真是不得了！

今天，英文、數學和理化三科模擬考，發生一件大事。

趙家平這傢伙，每一科都考一百，運氣好到他拿著考卷，手都在抖：

「阿娘喂，啊～今天是怎麼回事？莫非是天要落紅雨，日頭要從西邊出來？這……這哪裡有可能？」

是呀，這哪有可能？

如果你認識趙家平，這麼一個吊兒郎噹的傢伙，在班上從沒考進

十名內的「平凡人物」，今天真是破天荒，創紀錄了。

我興奮的提議：「趙家平，我們去冰店慶祝一下，並且請你傳授一下，怎麼作弊能三科考一百的！」

趙家平高興的嘴巴都快咧到後腦勺了：「王德強，你是狗嘴吐不出象牙，什麼作弊，本大爺我呀，今天每一題都嘛是我努力、認真和用心……左右手互相猜拳給猜出來的。」

他前面說的一本正經，後頭這麼一轉彎，阿正剛喝下的水又噴了出來。

一時，教室裡紙團像子彈般，不停的往他身上發射。

我喜歡放學後到晚自習這一段時間。

那是龐大功課壓力下，讓人喘息的窗口。

站在四樓走廊往下望，暮色蒼茫，無邊車流，遠遠的煙嵐處，幾盞早早亮起的街燈，明明滅滅中，我們踩著輕快的腳步，化身小鎮暮色一景。

校門口很熱鬧。雞排攤飄出香氣，隔壁阿婆的肉粽人氣頗旺，一掀鍋蓋，肉粽香味瞬間抓住我們的胃；對面的蚵仔麵線、滷味和臭豆腐號稱成功三絕，吃了這攤，你會後悔沒肚量再去另一攤；而校門邊的巷子裡，還有大麵焿、快手炒麵和阿吉漢堡，每一樣我都愛。

是的，我都愛，它們都曾經在我的部落格裡現身。我最大的心願就是，有一天的三餐，不，連宵夜和點心總共五餐，一天之內把這些好吃的東西吃上一遍，那才過癮。

最近最夯的是剉冰。還有什麼比得上打完球，吃一盤剉冰呢？崇德街不遠有家冰店，我們最近常找藉口去光顧。

只是，我們班想幫趙家平慶祝的同學太多，一下子就把冰店的桌子坐滿了。

別看我們班平時讀書讀得多用功，聚在一起，這群人說話吵鬧的

樣子，其實和國小學生差不多。

光點什麼冰，就有很多講究了，老板這裡是三種冰二十五元，五種冰三十元，但是趙家平偏偏要點四種冰，問老板怎麼算？

老板不會算，老板家的兒子——就是我們班的駱馬說：「可以，四種冰任選四種，算你四十元。」

「四十？怎麼比較貴？」

駱馬正經的說：「不貴不貴，家平先生今天三科一百，買什麼都不貴。」

人這麼多，駱馬也要下去幫忙，我的紅豆粉圓牛奶冰還沒來，門口又有人走進來了，唉呀呀，真是冤家路窄，進來的是四班的人，小光頭也在裡面。

我們主動讓出一張桌子，小光頭卻存心鬧事，拉了椅子，大剌剌的坐在我們這一桌。

趙家平正在吃冰，沒注意他，小光頭在桌子上拍了一下，趙家平那盤冰就這麼凌空飛躍，剉冰上的綠豆、紅豆全溜了出來。

「唉呀！」趙家平大叫一聲，「地震！」

小光頭笑得可開心了，學著他的口氣：「唉呀！怎麼了，怎麼了？紅豆怎麼都黏在……你的臉上了。」

趙家平發現是他，想發火又不敢，阿正挺身而出：「你不要太過份！」

「唉呀呀，又是你，怎樣，你想出頭呀，我只是來吃冰，不可以嗎？」

「那你幹嘛拍桌子？」

小光頭推了阿正一把：「我拍蒼蠅不行嗎？」

阿正把他的手推開：「你不要動手。」

「你敢推我？你這小子竟然敢推我！」小光頭兩手用力，登時把

阿正推倒在地。

我們班的人全站了起來。

步懼問：「你幹嘛動手！」

「你故意來鬧事的！」我們越說越激動。

小光頭輕蔑的看看我們：「想打架嗎？來來來，我們去外面『釘孤枝』呀！」

「去呀！」

「走啦！誰怕誰呀！」

冰果店剎時亂成一團，抓了椅子當武器的，扯著袖子摩拳擦掌的，也有退到牆邊準備開溜的，趙家平端著他那潑了一半的剉冰，一時猶豫，放也不是，不放也不是，驀然，外頭傳來一聲：「訓導仔來了！」

「訓導仔？」

訓導仔很兇，全校再大尾的遇到他都要低著頭。小光頭氣勢消了，退到門口，對著阿正說：「眼鏡仔，你給我記著啊！」

趙家平終於想到要把冰放

下，很捨不得的說：「你也給我記住！一盤冰全浪費了。」

駱馬的爸爸端了幾盤冰過來：「你們這些少年郎，書不好好讀，只想學人家打架？要不是我腦筋動得快，幫你們喊一下，真的打起來，啊你們這種文弱書生，怎麼打得過流氓？」

步懼說：「原來是駱叔叔？我還以為訓導組長真的來了！」

「這叫做動腦不動手！」駱叔叔笑嘻嘻的說。

唉！好好的喘息時間，卻碰上小光頭。

我只希望：「不老師最好每天出一百題數學，讓小光頭想破光頭，也解不出來。」

駱馬給趙家平換來一盤新的四種冰：「大家小心一點，君子動口，小人動手。」

他說的有道理，回去晚自習時，我至少想到一百種讓小光頭害怕的方法。

方法一：跟訓導仔報告，說小光頭有多壞，只是不知道訓導仔處罰完後，他會不會報復？

方法二：去警察局報案，說小光頭把冰弄翻了，但是警察會理嗎？

方法三：找個保鑣陪我們上學，價錢要低，二十四小時隨CALL隨

到，就怕找不到這樣的全能保鑣。

方法四：告訴小光頭的媽媽，重點是他的媽媽也要是個正常媽媽，不然，癩痢頭的兒子是自己的好。

方法五：去媽祖廟拜拜……

整個晚自習，我在本子上寫了一條又一條。

直到晚自習結束，我還是找不到萬全的方法，每一條都窒礙難行。

回家的路上，阿正告訴我：「別擔心啦，兵來將擋，水來土掩，我們已經讀國三了，總能想到方法的。」

走完學校圍牆，前面就是長巷，巷子裡只剩我們兩個人。

我調調書包：「自己來？難道你還想跟小光頭講道理？秀才遇到兵，有理講不清，他是流氓，更難講得清！」

巷子裡很安靜，銀色的月光，四周人家的花木都摻上銀粉般。

巷子在這裡轉了個彎，一片高大的圍牆，擋住月光，陰暗的牆影裡，隱隱約約有幾個人站著。

來者不善，我勉強認出帶頭的人，是小光頭。

他冷冷的站著，我急忙停住。

「你想幹什麼？」我的聲音一定在抖。

小光頭推了阿正一把。

「哼！眼鏡仔，你不是愛出頭嗎？媽的，現在看誰能救你！」

阿正還想跟他講道理：「我不是愛出頭，我們同學在吃冰……」

好漢不吃眼前虧，我一把拉著他，大叫快跑啦！

「哈，看你們能跑多遠！」小光頭他們在後頭追。

只要跑出長巷，就是學校範圍，那裡人多，還有很多來接學生的家長。

咚咚咚，我跑得心臟都快跳出來。這條巷子平時走不覺得遠，現在跑起來，才發現，它真的好遠，至少有一百公尺，我們的書包又重，裡頭都是參考書、評量卷，一路砰砰砰的撞擊我的屁股，真是的，沒事帶這麼多幹嘛！

我身體突然一緊，回頭一看，小光頭正抓著我的書包，我一急，使個金蟬脫殼，把書包丟給他，書包一離身，登時覺得身輕如燕，跑起來就快了。

「唉呀！」阿正落在後頭，他不知道被什麼一絆，人跌在地上。

小光頭他們圍在他四週：「看你

有多會跑，再跑呀！」

「痛！」阿正在人群裡叫著，「好痛呀！」

是朋友，就不該丟下他，這道理我懂，但是，對方人多，如果我現在衝出巷子去求救？

我的天人交戰只維持不到一秒鐘，友情戰勝膽怯，我推開人，衝進去，想把阿正扶起來。

「唉呀！痛，痛！」阿正哀號著。

小光頭撇撇嘴：「少假了，跌了一跤，又不是腿斷掉！」

我扶著他，感覺他全身都在顫抖：「你怎麼了？」

他的臉色慘白，額頭不斷滲出冷汗：「好痛！」

四班的人，大概發現闖禍，急著撇清責任，包圍圈慢慢變大：

「喂，他自己跌倒的，我們連碰都沒碰到他哦！」

阿正靠在我身上，兩隻手壓著腿，不斷的扭動。

我安慰他，可是沒用。

「我們……我們去叫救護車。」小光頭越退越遠，最後竟然跑了。

「阿正，你能不能站起來？」

他搖頭：「好痛！」

我正在不知如何是好時，身後有人問：「發生什麼事情了？」

「他跌倒了。」我說。

來人跟著蹲了下來，高高壯壯的身子，酷酷的眼神。

是阿國。

「是骨折嗎？有沒有流血？」阿國每問一樣，我就搖頭一樣。

「不知道！」我很老實，雖然讀升學班，可是這種知識基測又不考。

阿國看看四周：「好，德強，你去把那塊人家丟掉的門板撿來，我們把他架上去，」他的聲音不疾不徐，「我們先把他帶到學校門口，去那裡再找救護車。」

12. 三劍客

巷子裡，只剩我們三個人。

阿正躺在門板上，身體仍在扭動；阿國和我抬著他跑，咚咚咚，腳步聲聽起來很急，我的心卻鎮定多了。

幸好阿國在，不管遇到什麼事，他就是能在第一時間，迅速判斷，找出最好的方法，不像我，遇事老是慌慌張張。

就像小學五年級那個晴朗炎熱的禮拜天。

我們在河邊釣完魚，下水泡了泡，起來的時候，渴得受不了。

從河邊騎腳踏車回家，有一段距離，附近沒有商店，我們身上也

沒有錢。

就在河邊，土地公廟旁邊有塊西瓜田，每顆西瓜看起來都很好吃。

阿國想也沒想：「去選一顆吧！」

他說的就像進超市挑水果般。

「那是別人種出來的成果耶！」張正正搖頭。

阿國看看我：「德強，他不要，你呢？」

「嗯～」我的喉嚨乾得快冒出火了，「如果只吃最小顆的，應該沒……沒人會知道吧？」

阿正想阻止我們：「怎麼沒人知道呢？這裡天知地知你知他知我知……」

阿國呢，就在瓜田裡東摸摸，西拍拍。

阿正在後面念：「農夫耕田除草，還要……啊！你真的摘呀？」

阿國的手裡多了顆比我頭還大的西瓜。

他看看四周：「腳踏車牽來，我們去土地公廟後面吃。」

「對對對，光天化日之下，不能太明顯。」第一次當小偷，我慌張的跟在後頭。

阿正拉著腳踏車，一腳高一腳低：「你們也知道這是光天化日之下，還做這種事……」

阿國不理他，走到土地公廟後，拿著西瓜用力在牆上一敲。

啵！西瓜破了，紅紅的果肉，紅紅的汁液，他遞了一塊給我。

我立刻咬一口，又甜又沙，可惜沒冰過，不然滋味更好。

阿國也拿一塊給阿正。

阿正很固執：「不行，沒經過農夫的同意就拿，這叫做偷。」

我猜他一定也渴，可是他說不吃就不吃，不管我們怎麼勸，他都不聽，坐在地上，看著天空，嘴唇啪喳啪喳的舔著，可是他就是不吃。

我吃得滿嘴汁液，雙手黏答答，忍不住打了個飽嗝！

呃～

阿國卻像隻獵犬般站了起來。

「怎麼了？」

他說：「有人來了。」

透過土地公廟的小窗戶，我們看見，一個長髮的年輕人，正朝我們走來。

「他會不會是瓜田的主人？」

我緊張得手都在出汗了，一看才想起，那是西瓜汁。

阿國搖搖頭：「不像。」

說的也是，這麼熱的天氣，農夫會戴斗笠。這年輕人一身髒兮兮的白襯衫，看起來鬼鬼祟祟的。

「難道他也是要來偷西瓜的？」阿正氣憤的說，「這些西瓜真可憐，全碰上你們這種人。」

哈，阿正猜對了。

年輕人看見西瓜，彎腰就抱住一顆大西瓜，雙手用力一扯，連瓜帶藤，扯壞了一大片，他很貪心，看見更大顆的西瓜，抱著的丟地上，轉身又拉又扯，凡他走過的地方，都成了一片狼籍。

我們剛才是很小心的摘一顆，他是亂摘一通，這麼一比較，連我也覺得義憤填膺。

「那些西瓜好可惜。」

阿國問我：「我們去教訓他！」

「這……」我遲疑。

三個小偷教訓一個「大小偷」？

我正猶豫呢，那年輕人竟然抱著西瓜往土地公廟過來。

他也想來這裡吃西瓜？

我們急忙矮身，阿國比比後面那片竹林，要大家從那裡撤退。

不過我們還沒走，年輕人坐在土地公廟的長凳上，拿石頭敲破西瓜，迫不及待的像狗一樣啃了起來。

「餓死鬼呀？」阿正悄聲的說。

他吃得很快，一下子就吃掉大半顆西瓜。

或許是吃飽了，他一個猛抬頭，打量四周，我們差點和他打個照面，急忙蹲低，等了一下，土地公廟裡傳來一點窸窸窣窣的聲音，我們忍不住好奇，偷偷一看，這年輕人正在撬土地公廟的添油箱。

這個添油箱，一面是透明的，上頭有個小孔，供人投錢用的，大概是怕小偷，在開口的地方，還加了一個銅製的小鎖。附近人家只要

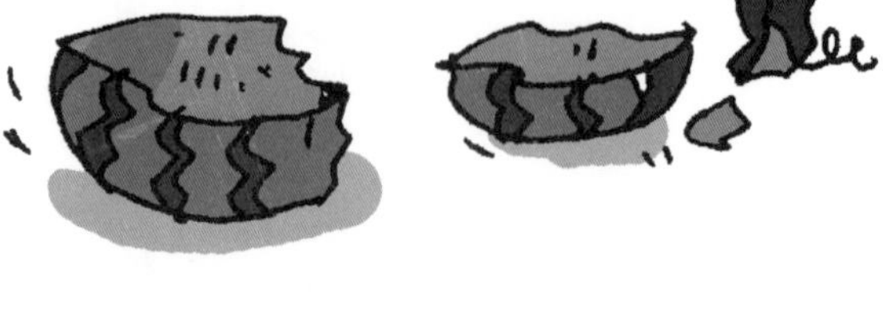

來土地公廟拜拜，有時忘了帶香燭來，都會先跟土地公借一下，順手添點銅板、紙鈔進去。

年輕人扯著鎖頭，扯了半天，扯不下來。

「他想偷香油錢？」我問。

「一定是！」阿國說。

年輕人發現扯不開銅鎖，拿著敲西瓜的石頭一砸。

啪！

銅鎖彈開，他急著打開箱子，兩手進去抓錢。紙鈔、銅板抓了好大一把，全塞進口袋，然後俯身，又一大把。

「怎麼辦？怎麼辦？」阿正低聲的說，「他在偷錢耶。」

阿國說：「這些錢都是土地公的，他不可以拿走。」

年輕人很壯，我說：「我們打不過他呀！」

阿國想了一下：「打不過，跑得過呀，我們一起大叫抓小偷，抓小偷，三個人分三頭跑，看他怎麼追！」

我擔心，如果他只追我：「這……」

阿國的話讓人安心：「別擔心，跑過竹林就安全了！」阿國吩咐，「不管誰先到阿婆饅頭店，記得先借電話報警，記得了沒有？」

「那，他要是抓到我了……」

阿國摟了摟我的肩：「我拚死也會回頭救你。」

我緊張的點點頭，不知道為什麼，我就是相信阿國說的話。

添油箱裡錢大概抓完了，年輕人現在蹲在地上撿漏掉的銅板，他的褲袋好像很淺，錢裝進去了，又掉了出來。

深呼吸，一、二，我們互相望了一眼。

三！

剎時，一陣驚天動地的抓小偷哦，抓小偷哦的聲音響自我們喉嚨，聲音大得連我自己都嚇一跳。

我邁開步子往竹林裡衝，進了竹林還怕他追來，一路跑一路跑，直跑到阿婆饅頭店，看見了阿婆時，連話都說不出來。

「阿……阿婆……」

阿婆被我嚇了一跳：「囝仔，怎麼了？」

我講不出話來，阿正也跑來了，他大叫：「報警察啦，有人偷拿土地公添油箱的錢。」

「夭壽哦！」阿婆看起來比我們還緊張，按電話時，一直按錯鈕，還是阿正幫忙打了電話。

他打完電話，回來問我：「阿國呢？」

對呀，阿國呢？

難道阿國被年輕人抓走了？

我想衝進去找阿國，阿正說還是再等等，說不定阿國就出來了。

結果，等不到五分鐘，阿國沒來，反而是管區警察騎著摩托車先來了。

我們帶他到土地公廟，指給他看西瓜田受的損害，地上還有好多銅錢，應該都是年輕人掉的。

我們一路跟著銅錢走，才走出西瓜田，阿國就笑嘻嘻的出現了。原來，這個小偷太貪心，口袋裡裝滿了錢，捨不得丟，我們大叫的時候，他也嚇得往外跑，阿國膽子比較大，他發現年輕人沒追來，立刻回頭去跟蹤他。

「他躲在公墓那邊。」

阿國帶路，很快就找到年輕人的「家」——公墓裡的大眾祠。

我們找到他時，他就躺在水泥地上呼呼大睡，地上全是米酒瓶和花生米。

我們跟著管區警察回警局，有個戴黑框眼鏡的記者也在警察局，黑框記者對我們問東問西，好奇得不得了，阿國懶得理他，阿正也不

太愛說話，我只好揀重要的事告訴他。

「真的嗎？你們真厲害，然後呢？」

黑框記者每問一次，我就再加油添醋一點點，我發現我說得越驚險，他就越高興，那還有什麼好客氣的，我就拚了命的吹噓給他聽。

結果，第二天地方版的新聞，我們三個成了見義勇為三劍客，還附了我們的合照。

那張照片，我到現在都還記得：阿正靦覥的笑，我的表情看起來很痛苦，因為西瓜吃太多，肚子不舒服，阿國最酷，嘴巴緊抿著，笑也不笑。

朝會時，村長和警察局長還來學校，他們頒給我們一人一顆紅肉大西瓜，說是瓜田農夫送的，感謝我們抓到那個破壞瓜田的壞人。

下台時，黑框記者把我們拉到一邊：「土地公廟那件案子破得很漂亮。」

「那是我們應該做的事嘛！」我答得很自然，這種恭維話聽多了嘛。

沒想到，他眼睛突然眨了一下：「以後你們最好離那片西瓜田遠一點。」

「為……為什麼？」阿國問。

「我在土地公廟後面繞一繞，你們猜，我發現什麼？」

我心裡一驚，聲音都有點不自然了：「什麼？」

「奇怪了，那個小偷好像還多偷了一顆大西瓜，更怪的是，西瓜上留下來的牙齒痕，實在很小耶！」

他眼睛盯著我們，我的臉皮發燙。

黑框記者沒向學校揭穿這件事。只有阿正沒好氣的說：「偷錢是小偷，偷西瓜難道就不是了嗎？」

這大概是阿正這輩子唯一做錯的一件事，難得的是，他並沒有解釋，撇清，沒有，他自始自終就是勸我們不要做，被人發現了，他卻很有義氣的站在我們這一邊。

一件好事，卻被一件壞事給抵銷了，或許，這就是人生，前一分鐘風風光光，後一分鐘全部輸光。

13. 第十號球員

誰沒摔跤過？都有嘛，對不對。

可是摔跤摔到住院觀察，這真是不尋常了。

阿正照完X光，醫生就是皺著眉頭這麼說：「奇怪，真奇怪，最好在醫院多住兩天，我再檢查檢查。」

阿正的爸爸、媽媽很擔心，沒事幹嘛要詳細檢查檢查。

只有阿正很樂觀：「這兩天就不用被功課逼，多快樂。」

我拍拍他的肩：「放心，明天放學，我會準時把小考考卷、各科老師交代的功課帶來給你，讓你更快樂。」

「ㄟ——我是病人耶！」

「是呀，哪有病人快樂喊這麼大聲的，我不管，明天功課準時送達。阿國，咱們走吧！」

阿國沒理我，他正在跟阿正爸爸解釋：小光頭其實不壞，只是愛出風頭，顯威風，明天會親自把小光頭押來。

阿正爸爸勉強露出微笑：「還好阿正有你們這樣的好朋友。」

走出醫院，都快十一點了，好久沒跟阿國走在一起，一時間，好像有很多話想說，可是話到嘴邊，卻又突然覺得不知如何啟口。想了好久，才勉強擠出一句：「你知不知道夜市哪家烤玉米最好吃？」

阿國瞄了我一眼，搖搖頭：「長這麼大了，還是這麼貪吃？」

「沒辦法嘛，江山易改，『愛吃』難移嘛！」

「你們班的棒球隊，現在練得怎麼樣？」他問，「誰這麼大膽，敢找體育班挑戰？」

「這都是阿正的主意，你曉得他呀，他從小最愛跟老師問問題，只是這次問題弄大了，如果不是他說要找你們挑戰，也不會碰上小光頭，這場球賽少了他一個人……唉呀，不好！」

「怎麼了？」

「阿正受傷，我們班只剩八個人打球了！」

棒球選手，至少也要九個人，除了要打擊，還要防守，少了一個人，我們的防區就露了一個大洞。

我們班的問題，阿國當然不理。隔天，我只好問全班。

「阿正受傷了，這下該怎麼辦？」

班上的人，聊天的聊天，發呆沉思的發呆沉思，我好像對著空氣在問話。

趙家平爬到桌子上，兩手圈成大喇叭：「各位同學，各位同學，阿正受傷，咱們班的棒球隊現在缺少二壘手，為了八班的榮譽，我們徵求雙手健全，兩條腿勉強能跑得到壘包的人踴躍報名參加！」

自私三人組在底下叫：「我，我，我！」

趙家平喜出望外：「你們三個都要加入嗎？那太好了，我們除了補滿九人，還多出兩個候補的選手。」

沒想到他們三個站起來大叫：「你聽完我們的話嘛，我們是說，我，我，我〜們都不要！」

真是的，都什麼時候了，還來亂。

怪只怪李老師，他的魔鬼棒球操練實在太可怕了，難怪班上同學聽到要補人都搖頭。

趙家平不死心：「各位，各位，基測誠可貴，榮譽價更高，若為阿正故，兩者皆可拋，趕快加入棒球隊，想想阿正躺在病床上，如果他知道我們班的人都這麼冷血，竟然沒人幫……」

林竹華舉起手：「好啦，你不要再說了，我去。」

趙家平浮起一臉苦笑：「姑娘，自私三人組就夠亂了，妳也要來亂？」

林竹華很不以為然：「你剛才不是說只要雙手健全，兩條腿勉強跑得到壘包的人都可以加入嗎？那我當然有資格呀！」

「可是……可是妳是……妳是那個……母……不對，女生。」趙家平都說得有點結巴了。

「怎樣，女生有什麼地方比不上你的嗎？」

「我們是怕妳看到球飛過來就嚇得大叫，還怎麼打？」趙家平說的有理。

我也勸她：「紅線球打到身體很痛耶！奇怪，我們班的男人都死哪裡去了？」

班上一片靜悄悄，李自私捏著嗓子喊：「別選了啦，嘸魚，蝦也

好！」

趙家平看看我，我看看林竹華。

我大聲宣布：「好吧，我們八班第九號球員就是林竹華！」不過，我立刻加上補充，「等阿正病好了，妳要自動變成第十號球員，知道嗎？」

「YES, SIR！」

小妮子竟然朝著我眨了眨眼睛，見鬼了，如果不是我發誓大學前不交女朋友，我一定以為她對我有意思了。

「為了慶祝第九號球員報到，也為了讓大家的球技更上一層樓，這個禮拜天早上，我們去棒球打擊場練習，我請客，一人練一局。」趙家平在台上宣布。

「打擊場？」我沒去過，我看看駱馬，他也搖頭。

趙家平得意極了：「唉呀，土包子，打擊場裡有一台台的發球機，你只要投了錢，球就會自己投過來，我最近讀書讀累了，就跑去打打球，放鬆心情兼練球技，少少金錢，大大收穫，怕只怕……」他故意停了一下。

「怕什麼？」明知他在吊胃口，我們還是忍不住問。

「林竹華看到時速九十的球，嚇得躲到桌子底下。」他哈哈大笑，逗得林竹華在後頭追著他。

根據趙家平的說法，現在都已經是網路第N世代了，練球當然不能光用李老師的土法煉鋼，要配合機械、電腦科技。

他說的頭頭是道，禮拜天一大早，我們全都好奇的到打擊練習場報到。

打擊場裡分成一個個球道，每一個球道都有一台投球機，只要丟五十塊錢，就有二十顆球。

每一個球道代表一種球速，從九十公里到一百六十公里不等。

雖然時間還早，可是已經有不少人在練習了，鏘鏘鏘，球棒擊到球的聲音不斷。

打擊者前面，有網子護住身體，飛出去的球，會被四周的網子攔住，看起來很安全。

「來來來，哥哥先示範！」趙家平站在一百二十公里的速球區，扭腰擺臀的，球咻～的一聲，他猛的揮棒出去。

「唉呀，沒打到。」我們大叫。

趙家平擦擦汗：「別急別急，哥哥剛才只是在暖身，看這球！」

一百二十公里的球很快，趙家平提前揮棒，棒子碰上球，鏘的一聲，球向前飛了出去。

那一局，十顆球，趙家平擊出六顆，換成打擊率有六成。

他高興的說：「很簡單對不對，今天哥哥請客，一人一局，想多練的自己繳錢。」

我們早已看得技癢難耐，拿了代幣就各自找球道。我怕出糗，先從時速九十的開始練，九十聽起來不快，可是真的站在打擊區，那球飛來的瞬間還是很恐怖的。

第一局，我十球只打到一顆，那顆球打在棒子上，震得兩手發麻，棒子幾乎都抓不住。

一個大叔踱過來，看看我：「眼睛盯緊球，還有，死都要把棒子給偶抓緊！」

有大叔在旁邊指點，我終於抓到一點訣竅，進步了些。

另一邊的步懼擦擦汗，笑著說：「哇，大叔好厲害哦，我打到五顆球了耶。」

那大叔笑得有點靦覥，回頭瞧見一旁的林竹華：「妳怎麼不下去

打？」

林竹華？剛才大家只顧著自己打，都忘了她。

「我……我……」她大概是被投球機嚇到了，手裡抓著代幣，猶豫不決。

趙家平指指一邊六十公里的投球機：「不然，妳去試試那台，不要閉著眼睛亂揮！」

「那……我想打那一邊的球道。」

「什麼，一百三？」趙家平驚呼，「妳不要開玩笑了！連哥哥我都還打不到一百三的球。」

「人家想打嘛！」她嘟著嘴。

這下沒輒了，就當做那五十塊錢掉進水裡了。趙家平兩手一攤，無奈的做個請字。

她那弱不禁風的樣子，感覺都快舉不起球棒了，還想打球？

「我賭最多一球！」趙家平說。

「怎麼可能，剛才我第一次打九十公里，也才打到一球。」我立刻否決，「零球！」

鏘！

就在我們討論她會打幾球的時候，她把第一顆球擊出去了。

「青暝雞啄到米！」我們下了個判斷。

鏘！又一顆球飛了出去，而且，球飛得很快，快到讓人來不及眨眼。

「阿娘喂，這是怎麼了？」駱馬在旁邊說，「這台投球機壞了嗎？」

那大叔又踱了過來，笑嘻嘻的跟我們說：「我猜是八球，運氣好，滿貫也有可能啦。」

「十球滿貫？」我們大叫，「不可能！」

鏘！又一球飛得遠遠的。

「怎麼不可能？她從小打到大，當然可能！」大叔重重的大手拍在我們的肩上。

「從小打到大？她是……」我們問。

大叔又重重的拍拍我們肩膀：「我女兒！」

14. 雷陣雨

天邊堆出厚厚的雲塊，午休不久，狂風中伴著驚死人不償命的雷，霹靂啪啦亂響一通，班上的人幾乎全醒了。

炫目電光在外頭耀武揚威，天空潑了墨似的，越來越暗。

就剩趙家平兀自趴在桌上好夢正酣，任憑雷擊電閃，他老兄自睡自的。

滋啦～又一道電光。

步懼按著電子錶，電光亮閃雷聲來，四分之一秒不到。

他計算後：「天哪，僅僅七十五公尺，就在操場那裡。」

雷聲呼應他的話般，轟隆隆，轟隆隆的搖動大地。

我們學過音速，沒實地算過，機會難得，人人都專心計算，連不老師進教室也沒注意。

驀然，又一道閃電落在操場上方，登時閃得教室一亮。

「六十公尺。」駱馬的聲音，「更近了。」

趙家平恰好醒來，全班第一個發現：「老師好！」

幾個毛躁的，喜滋滋的炫耀：「老師，今天的雷很近，我們算過……」

雷聲壓過一切，不老師那一臉晦氣，比烏雲還暗。

不老師定定的望著我們，渾然不理外頭雷電交加，大雨傾沱。

「剛才，張正正的爸爸打電話來。張正正的檢查報告出來了，」

不老師的眼睛有著水花，是淋了雨嗎？

「醫生說他的腿骨裡有腫塊。」

我不懂：「腫塊？」

同學裡有人低聲的說：「是癌症！」

窗外雷鳴震動大地，我的腦裡嗡嗡嗡一陣亂晃：「哪有可能？」

不老師證實：「化驗結果是惡性腫瘤，可能得把左腿切掉。」

「切掉？」我們驚呼。

「可是，他只是跌倒，怎麼會變成骨癌？」趙家平問，「阿正一向好好的，跑步、打棒球都沒問題。」

「腫瘤早就在他腿上了，恰好這回檢查發現，」不老師吸了吸鼻子，「大家如果有空，找時間去看看張正正吧！」

大雨傾盆而下，老師的聲音在水花中，聽不清切……

班上的同學分配寫卡片、送鮮花，還有人要發起募款……

烏雲很低很低，操場都浸水了。

阿正的座位在我的右前方，隔了三排，其實不遠，從幼稚園到現在，有好多年了吧？每一天，我總能看著他理得光光的小平頭，他一直都在，讓人安心的。

他的抽屜裡，課本一邊，參考書一邊，就像阿正一樣，什麼都規規矩矩的。

整齊的書，乖乖的等主人回來。

只是主人還會回來嗎？

基測要考兩次，但是阿正說他只考第一次基測就好。

他說，剩下的時間，要把沒做完的數學題目，全都找出來做完。

「考完了，幹嘛再做數學？」

「那時候沒壓力，算起來才快樂呀！」他傻兮兮的笑，「那些參考書都是我媽買的，沒寫完好浪費。」

這答案夠阿正了吧！

「算完了呢？」

「你也別考第二次了，考完，我們騎腳踏車去環島吧！」

阿正的計畫，全畫在一張地圖上，從這裡出發後，往北騎，過宜蘭，下花蓮，去哪裡找小吃，住哪家民宿，什麼地方的警察局可以搭帳篷……

我問他：「你搞這個……搞多久了？」

「反正有空就弄，事先有計畫，才不會手忙腳亂。」

對阿正來說，計畫、規矩，就像火車的鐵軌，他會乖乖的跟著往下走，往前進。

但是生病？

不對，他才十四歲，怎麼會生病？幹嘛得骨癌？

難怪他最近常常喊腳酸，沒事就在腳上貼藥膏布。

我是他的好友，怎麼沒有幫他多留意？

「弄錯了，一定是弄錯了！」我氣自己，「阿正從不做壞事，不犯規，為什麼他會得骨癌？」

大家說今晚不要晚自習了，全班都要去醫院。

我當然也要去，我想問他，這究竟怎麼回事？難道有人在開玩笑，國中三年級，光明的未來旅程正要展開，為什麼要把他的腿鋸掉？

誰敢把他的腿鋸掉？這個病應該也不在他的計畫內吧？

秋末冬初的雨，冷颼颼的，我們的雨傘開成一路長花。鎮立醫院門口冷冷清清的，一進掛號大廳，那些護士大概沒見過這麼多人同時來吧？她們驚訝的張大了嘴巴，我們急匆匆，無心解釋，跟緊不老師，直到三樓。

我心裡有點膽怯，雖然跟阿正很熟，現在要見面，不知道為什麼，反而有點害怕。我該說什麼？

還沒進阿正房間，先聽到一陣哭聲。

醫院的檢查報告是法官的宣判吧？不管是誰，聽到這種病都很難接受的。

站在門口，病房裡的景象倒嚇了大家一跳。

哭的人，不是阿正。阿正斜靠在病床上說話，而站在床邊的人赫然是小光頭。

阿國也在裡頭，他不知道用什麼方法，真的把小光頭押來了。

「我……我不是故意的，我沒有要害他。」小光頭抽抽噎噎的。

阿正爸爸柔聲的說：「沒事沒事，張叔叔還要謝謝你，如果不是阿正跌倒，也不會發現他得了這種病。」

「幸好發現的早。」白袍醫生說，「當然，你不應該欺負別人。」

「你怎麼老是講不聽，整天逞兇鬥狠的。」另一邊是小光頭的媽媽？她一個勁兒的向滿屋子的人道歉，粗布大衣，一頭灰色捲髮，「失禮啦，攏是我沒把這個囝仔教好，」她又回頭去推小光頭，「快啦，快跪下去向人賠罪啦。」

小光頭作勢下跪，阿正爸媽拉著他：「不用，不用！」

阿正也說不要。

剎時，一屋子的人，全在勸他，好像小光頭反而成了受害者了。

我們班的人都很生氣，群情激憤，趙家平就想衝進去，不老師急忙揮手，要大家安靜。

我們又等了一會兒，阿國和小光頭才出來，小光頭乍見我們，愣了一下，趙家平想說什麼，步懼按住他，阿國神情木然，見了我彷彿不認識的樣子。

終於輪到我們進去了。

門口到病床的距離並不遠，每一步卻讓人心痛。

我擠到床尾，叫了阿正一聲，他抬頭，沒有想像中的蒼白、虛弱，這小子兩眼睜得大大的，還能讓嘴巴拉成一道向上的弧線。

「哇，你們全都來了。」

對呀，我們都來了。沒有找藉口，我們來看我們的兄弟，他現在生病了，但是我多希望，我們不要在這種場合裡見面，不要因為他受了傷，我們才能團結在一起，而是平時，我們就能這樣和好，這麼融

洽，沒有勾心鬥角，不必自私自利。

「德強，你是阿正的好朋友，你不要給我躲在後面，進來說話。」林竹華點我。

我擠到病床前，努力裝出微笑看著他：「嗨，阿正。」

「棒球隊練得怎樣了？」

「還好，現在有林竹華進來，大家怕打輸女生，所以都很認真。」

「那你的……腳？」

阿正搖搖頭，又勉強笑了一下：「醫生說要盡早動刀，不過，」他一把掀開被子，「趁現在我的左腳還在，你們可以跟他說再見。」

跟左腳說再見？

他敢坦然面對自己的命運，我們呢？

我還在遲疑，林竹華直接一掌摸在他的大腿上：「阿正的左腳，再見。」

「對對對，謝謝妳。」阿正臉上一紅，「不過，不過妳摸的是我的右腿，而且，我的大腿沒事。」

「大腿沒事？」我們問。

「是呀，是膝蓋以下。」

趙家平拍了一下額頭：「糟糕，阿正你吃虧吃大了，她這不是趁機吃你的豆腐。」

「吃豆腐？」

病房裡，響起一陣笑聲，淺淺的，跟阿正左腳告別的儀式，變得輕鬆了起來。

原來，真正遇到別離的時刻，才能考驗一個人的勇氣。

看起來，我還不夠格。

阿正開刀那天，一架熱氣球從天外掉進學校操場。

好奇的人多，喧嘩的聲音大，像鴿群一樣，從底下咕咕的叫著吵著一路往我們教室鑽。

我們班在考試，艾美老師守著窗邊，不讓我們分心。

熱氣球後來重新升空，我恰好寫完考卷，抬頭，就在我正前方，先是彩色的氣球，紅的黃的白色三色經過我面前，吊籃上，站了一個金髮碧眼的外國女生，一二三樓陸續發出尖叫，大概是學弟學妹在跟她打招呼。

HELLO! HELLO!

高頭大馬的洋妞，穿著飛行夾克，帥氣的跟大家揮手，她和我的距離很近，近到我幾乎伸手就可以摸到吊籃了。

經過我面前時，有一度，我想爬上去，希望能搭著氣球，一路向前，我想去看看阿正現在怎麼樣了。

我氣自己還坐在這裡，早上還去練棒球，我討厭我為什麼不陪在他身邊？

放了學，我沒跟同學說，決定跑去醫院看看他。

阿正已經開完刀，換了一間新病房，單人房，有窗戶，外頭一棵很高的欖仁樹，細碎的欖仁葉間，是可以看見藍天的，不知道阿正早上有沒有看見那個熱氣球？

阿正在睡覺，張叔叔 坐在一旁陪他，我喚他，張叔叔茫然的看了我一眼，他的樣子好像一夜間老了很多，看見我了，愣了一下，這才想起我來似的。

「麻藥沒退，醫生說要到明天才會醒來。」

阿正的腿上，包著白色的紗布，微微的滲出血水和藥水，黃黃的紅紅的，觸目驚心，我忍不住轉過頭去，可是一想到張叔叔在，又強迫自己一定要轉過頭來。

我坐了一下，沉睡的阿正，臉龐裡依稀可以回想起我們在一起的情形。

後來再去幾次，阿正多數時間都在睡覺，有時遇到張叔叔，有時遇到張媽媽。

週日那天遇到的卻是阿國。

我早上去，天特別藍，阿國坐著，阿正笑著，他的手裡是一本……數學，一大疊計算紙散在床上。

「德強來了！」阿正丟下計算紙，給我一個神清氣爽的笑容。他的左腳大概剛換過紗布，雪白，刺眼。

「還好吧？」我問。

「好極了，三餐都有照時吃藥，說不定哪天我的腳會再長出來。」

「啊？……又不是蚯蚓。」

「誰知道呢？」阿正指指阿國，「我昨天才發現，阿國數學真不錯，可以當我的大弟子了。」

阿國有點不自在：「什麼大弟子，胡說。」

「剛才那幾題二元二次，阿國只看一下，就知道答案了，這樣還不叫厲害嗎？」

原來，阿國昨天來了一整天，阿正算著數學，邊問阿國的打擊率。

「三成九六，打擊好手耶。」阿正說，他們從打擊率談到機率，這一談不得了，原來阿國的心算好得不得了，數學理解能力也很優。

我很好奇：「奇怪，那你怎麼會去……」

阿國酷酷的說：「反正學校認定我們班的人頭腦笨，我也只會算打擊率。」

阿正笑：「要不是我少了一條腿，我就下去踢你屁股，能一眼看出二元二次方程式答案的人，頭腦絕對不笨，德強，你負責盯他背英文，這小子明明腦袋一級棒，卻窩在四班浪費生命。」

阿國搖搖頭：「待在四班好呀，又不用天天考試，我們班的同學都愛玩，其實頭腦好的一大堆，就是不愛讀書，或是，」他停了一下，「曾經有一兩次考壞了，就被編到四班來。」

「這簡單，明天我帶八班的同學去你們班，大家一起切磋切磋功課，願意讀的留下來，不願意的不勉強，我們棒球隊用這個方法，大家功課都進步多了呢。」

「不好吧，我要先問班上同學意見，你們不老師早自修來一遍，黃昏你再來，我看我們班的人會『花』瘋。」阿國說，「別忘了，四班的人只愛玩。」

「不對，玩也要有方法，聰明的玩也很重要，阿國你讓德強去嘛！」阿正眼睛又在發光了，「要搞就搞大一點，我們找你們比棒球，你們也該找我們比功課。」

怎樣，雖然這兒藥水味太重，阿正左腿還跟他說再見了，但是，他就是他，那個舉手一直跟老師說有問題的阿正，一點兒也沒變。

好像回到當年，我們三劍客的年代。

有點傻傻的，有點呆呆的，朋友好像就是得這樣。

回家時，我和阿國一起走。

我問他，要不要去我家吃點東西，我會煮哦！

「不了。」他揚揚那本數學參考，「我要回家算幾題數學，明天阿正還要考呢！」

「算數學？很認真哦！」我笑著拍拍他的腰，剎那間，我突然明

白，別看阿國平時酷酷的，他陪阿正的方法，卻比我高明許多。

讓阿正做他喜歡做的事，就這麼簡單，我是豬頭，一直沒想出來。

15. 四班的功課表

國三4班級課表						
節次＼星期		一	二	三	四	五
第一節	0810-0900	數學 張自強	國文 田德良	視覺藝術 蔡大千	數學 張自強	生物 李亮
第二節	0910-1000	生科 劉會星	英文 羅米	國文 田德良	電腦 賈斯伯	國文 田德良
第三節	1010-1100	國文 田德良	表演藝術 陳國修	國文 田德良	童軍 范進	地理 歐美佳
第四節	1110-1200	音樂 謝承志	生物 李亮	體育 李大木	英文 羅米兒	國文 田德良
午休						
第五節	1315-1405	公民 陳守三	歷史 李士民	健康 謝平安	家電維修 張大同	自習 李大木
第六節	1415-1505	輔導 李大木	數學 張自強	聯課活動 李大木	生物 李亮	數學 張自強
第七節	1515-1605	體育 李大木	數學 張自強	班(週)會 李大木	家政 傅小梅	體育 李大木
第八節	1625-1710	體育 李大木	棒球 鄧總	英文 羅米兒	棒球 鄧總	體育 李大木

四班的功課表，外表看起來和我們班的一樣，實際上，卻有很大的不同。

不但科目多彩多姿，連上課的內容：

「老師們難的都不教，他們說，反正我們也聽不懂，」阿國苦笑著說，「所以，很多主科都自動變成體育課、勞動服務課。」

阿國說得理所當然，我聽得一臉茫然。

「那你們怎麼上課？」

「就是吵吵鬧鬧，想上課的老師上不下去，想聽課的同學無法聽課，那就下課啦！」

翻開他們的課本，練習題幾乎都沒做，空白的地方，全塗滿了亂七八糟的漫畫和髒話，課本都這樣了，更別提有什麼參考書、評量卷。

步懼說：「一樣是三年級，上課內容卻完全不同，這樣怎麼考高中？」

「考什麼高中？我只要能畢業就好，」小光頭也有留下來晚自習，「我們班太笨了，老師教的太難時，我們就會跟他講，別浪費時間了啦，嘻嘻，包括我。」

「笨？我覺得不會，只是你們不屑把時間花在讀書罷了。」我看了阿國一眼，「如果你能從書裡找到快樂，你就會願意花時間在這上面，像我對英文和國文，還有，如果你想到未來的前途跟這些書有關，你就會願意。」

「從書裡找到快樂？怎麼找呀？」小光頭搔搔腦袋，「我是衝著阿國的面子才留下來的哦，書是越讀越輸。要比賽前，教練說，還讀個屁呀，打球比較重要，還是球場快樂啦。」

和小光頭相處久了，你會發現，他並不壞，只是說話誇張，有點臭屁，可是他答應的事，他一定會做到。

就像他答應留下來，他就留了下來，面對完全看不懂的英文和數學，他也願意用「鴨子聽雷」的耐心，待在教室，保持呵呵的傻笑。

看他微笑的樣子，我大概可以想像他小時候天真調皮的模樣，只是長大後，逞兇鬥狠的時候多了，遮住了他爽朗快樂的本性。

李自私拍拍他的肩：「你別急，數學不會咬你，來來來，再算一題。」

小光頭只好搖搖頭，趴在桌子上，握鉛筆的樣子，比拿球棒還用力。

那樣的情景很奇特嗎？四班和八班竟然能坐在一起，互相切磋功課？

這是怎麼辦到的？

這又是什麼力量，能讓自私三人組願意每天晚上，抽一小時來陪他們讀書？

「哈！抓到了，抓到了！」

小光頭突然大叫，嚇了大家一跳。

林竹華拍拍胸口：「差點被你嚇死。」

趙家平問他：「是蚊子？還是壁虎？」

他看了看大家，壓低聲音：「是這隻X啦，他是八，抓到了。」

聲音裡掩不住的得意，原來他把未知數當成捉迷藏了。

週二、週四的體育課，輪到四班的

人過來訓練我們打球。

小光頭拿著球棒幫我們練守備。

他站在本壘前，想打哪裡就打哪裡，高飛球、滾地球、外野、內野，隨心所欲。

我站在二壘誇他：「小光頭，你很厲害呀！」

他頭揚了一下，很得意的吼著：「王德強，你少拍馬屁，滾地球蹲下去，用手套把球擋下來，別讓球又從你屁股間滾過去。」

駱馬笑得肥肉亂顫。小光頭說：「還有你呀，高飛球掉下來，你死也要把它牢牢抓住，別再掉了。」

駱馬和我唯唯諾諾，沒辦法，我們是教室一條龍，操場一條蟲。

李老師樂得輕鬆，反正他就八班、四班混合上課，誰要是不專心，四班高手如雲，他隨時可以找三個棒球高手來加強訓練一個人。

不老師偶爾也會下場和我們一起玩棒球、打鬥牛，朱峻弘想蓋他火鍋，可惜從沒成功過，不老師的名言是：「不要以為老師好欺負，好漢雖然不提當年勇，」他得意的補一句，「我當年，還真不是普通的勇咧！」

我們揮汗苦練時，阿正也在醫院裡復健，我和阿國幾乎每天都會去陪陪他。

八班的棒球隊現在人數變多了，因為大家發現，運動其實只會花一點點時間，流流汗，互相討論功課，成績和身體都會變得更好。

但是，不管加入誰，林竹華是我們永遠的第一棒，她的打擊技巧實在太厲害了。林家打擊練習場不是白開的，我們只要一有空就去找她家機器練一練，這個獨門祕技我們決定不告訴四班。

趙家平說得好：「等比賽那天，一棒擊沉他們。」

元旦那天，我起得很早，天空藍得發亮，白雲軟棉棉的，天氣好得像夏天。

鎮立棒球場上人擠人，我們學校的人在趙家平爸爸的帶領下，幾乎全校都出動了，還有，安徒生幼稚園的小朋友來了，我媽說要當戶外教學，讓幼稚園的孩子知道，什麼是團結力量大。

坐媽媽旁邊的是我爸，今天餐廳也公休了。

「你沒打好，就回來接我的叉燒店。」他還是只用這句話恐嚇我。

黑框記者扛著大砲鏡頭，坐在本壘板後面。

嘻嘻哈哈，喧鬧的聲音彷彿直達天聽。

那種感覺，像在海邊，差了一枝釣竿，也少了阿正。

我瞇著眼，望著投手丘上的阿國，風其實還挺涼的，如果阿正在的話……

我搖搖頭，把思緒拉回球場，林竹華已經站在三壘，只要擊出安打……

阿國的球投來了，我盯著那顆球，阿國的球很重很快，至少也有一百二吧？

球看得很清楚，是直球，我的膝蓋微彎，扭腰、兩手用力，球棒擊中球心，鏘的一聲，飛上了藍天，還蠻遠的。

外野手拚命往後退，但球比他想的還要遠，落地，

安打。

林竹華回來，我也跑上二壘，球回傳，守二壘的小光頭作勢要再觸殺我一次，我笑笑。

四比一，只差三分。

我振臂大吼一聲。

哇！全場的掌聲像雷，啪啪啪不斷。

只是一支二壘安打，還輸三分，有什麼好激動的？

騷動來自本壘板後的看台。

裁判比了個暫時停止的手勢，我問小光頭，怎麼了？

小光頭突然指著看台，跳著大叫：「是阿正！阿正來了。」

沒錯，沒錯，阿正爸爸扶著他，阿正拄著枴杖。

剎時間，兩邊球員全都跳著躍著大吼大叫：「阿正，阿正。」

阿正在笑，他用力的朝我們揮著手。

像個超級巨星嗎？廣播在說什麼，阿國拉著我在喊著什麼，那一剎那，我全都聽不清楚，我只想跑上去，拍拍他的肩，因為他是我的好朋友，從以前到現在，甚至是未來。

永遠永遠。

作者簡介

王文華

我家在埔里，有一位太太，一位女兒，和一缸很會生孩子的孔雀魚，這本《老師，有問題！》是我在九歌出版的第四本書，前三本分別是：《南昌大街》、《年少青春記事》與《再見，大橋再見》，什麼，你都讀過了？那太好了，我還寫了《烏龍路隊長》與《可能小學的愛地球任務》等六十多本書。歡迎你上《王文華的童話公園》來逛逛聊聊，那是我的網站，用奇摩一下子就搜尋得到。

繪者簡介

蔡嘉驊

曾於文化出版及電腦公司擔任美術編輯、美術設計、專業插畫等職，於一九九五年成立個人工作室，以平面設計與專業插圖為主，作品多見於各大報章、雜誌、書籍等。。

九歌少兒書房 184

老師，有問題！

著者　王文華
繪圖　蔡嘉驊
責任編輯　鍾欣純
發行人　蔡文甫
出版發行　九歌出版社有限公司
臺北市105八德路3段12巷57弄40號
電話／02-25776564・傳真／02-25789205
郵政劃撥／0112295-1
九歌文學網　www.chiuko.com.tw
印刷　晨捷印製股份有限公司
法律顧問　龍躍天律師・蕭雄淋律師・董安丹律師
初版　2010年7月10日
初版 6 印　2021年4月
定價　**230元**

書號　0170179
ISBN　978-957-444-696-4
（缺頁、破損或裝訂錯誤，請寄回本公司更換）

國家圖書館出版品預行編目資料

老師，有問題！／王文華著，蔡嘉驊圖.
--初版.--臺北市：九歌, 民99.07
面；　公分. --（九歌少兒書房; 第46集
；184　）

ISBN 978-957-444-696-4　(平裝)

859.6　　　　　　　　　99008092

九歌少兒書房